Cover Illustration by sime

名前　フクダ　ユウ

性別　男

顔　強いて言うとチュートリアルの福田に似ていると言われる

体型　普通……かな？

性格　普通だと思う

長所　頼みごとを断れない。……これ短所か？

短所　厨二病。妄想癖がある。卒業したい。

何かとカッコつけたがる、いわゆる“厨二病”の男の子。「フクダ」は似てると言われる芸人から、「ユウ」はFUKUDA(w)の本名。

Character Design by sime　Finish by Kyata

名前 イシハラ サトミ

性別 女

顔 雰囲気は石原さとみに似てるって言われる。雰囲気だけ。

体型 ……もうちょっと痩せたい。

性格 天然……らしいです。

長所 責任感は強いと思う。
あと交友関係は広い方。

短所 方向音痴。
あと、冗談が通じないって
よく言われる。

中学一年生のときにフクダの隣の席になった女の子。まじめな性格で頭も良いようだが、重度の天然ボケ。

モリ

中学二年の時にフクダたちと同じクラスになった、特にこれといった特徴がないオタク男子。線の細い見た目に反して、運動神経はかなり良い。

イタクラ

インパルスの板倉に似ていることから命名。テンション高めのお祭り男で、フクダとは小学生のときからの親友。女の子大好きなエロ魔人。

Character Design by sime　Finish by Kyata

マツダイラ

松平健にそっくりなフクダの部下。物覚えが良くハキハキとした物言いをし、男勝りなところがある。顔も性格も凛々しい女性。

タツヤ

会社勤めを始めたフクダにできた、初めての部下の一人。藤原竜也に似た甘いマスクのイケメンだが、性格は天然でヘタレ。

カズミ

フクダの大学時代のサークル仲間。背が高く、スタイルが良い。交友関係が広く、サバサバとした性格からみんなに好かれている。

Character Design by sime　Finish by Pinkjam

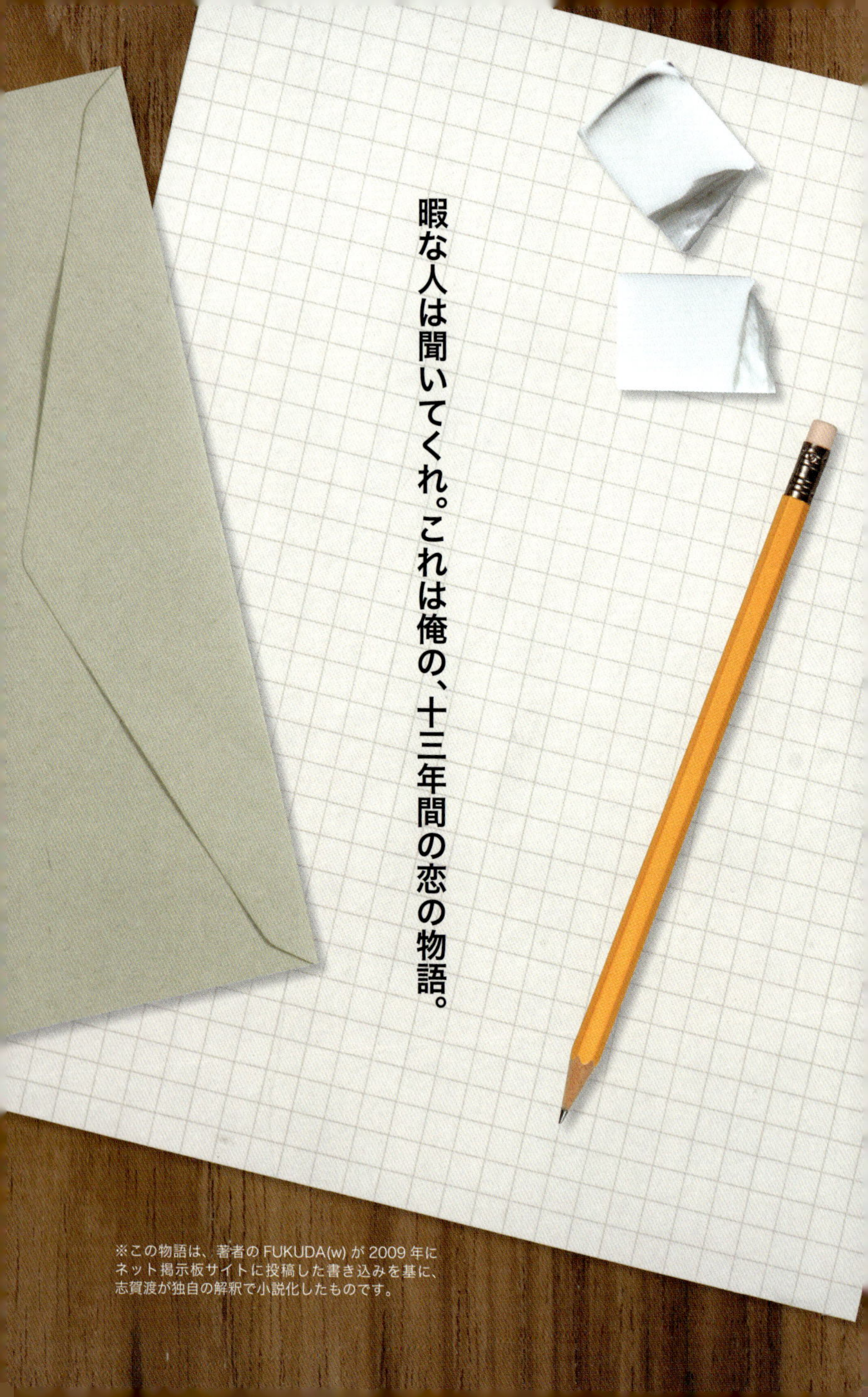

暇な人は聞いてくれ。これは俺の、十三年間の恋の物語。

※この物語は、著者のFUKUDA(w)が2009年に
ネット掲示板サイトに投稿した書き込みを基に、
志賀渡が独自の解釈で小説化したものです。

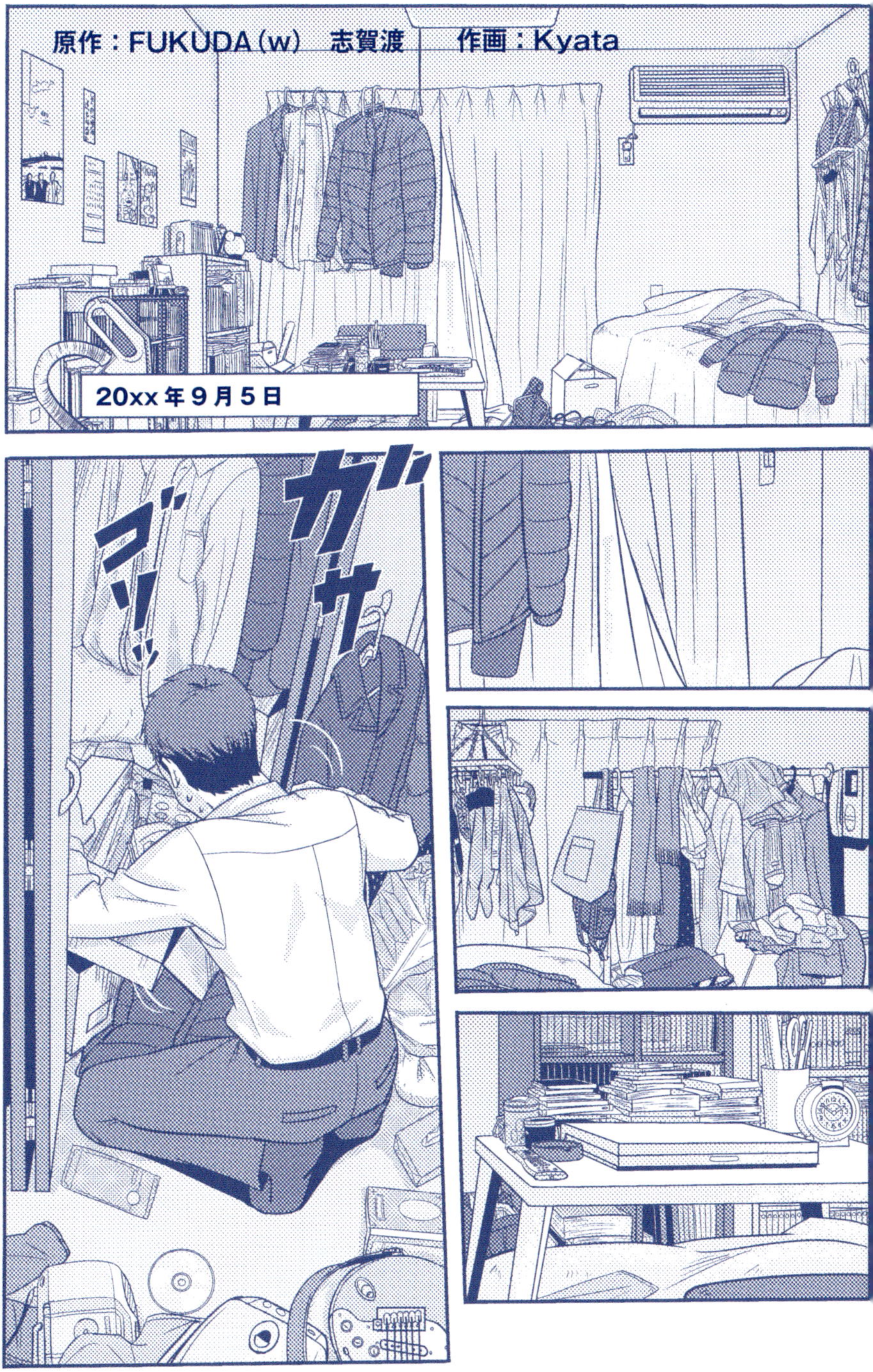
原作：FUKUDA（w） 志賀渡　作画：Kyata
20xx年9月5日
ゴソ!!
ガサ

くっそ、どこだ……？
どこだ……
題名　Re:お疲れさん(･ω･)ノシ
日付　20XX/9/5 11:22:01
今日はしんどいのでいいです。
-----END-----
どこにある……？

ガ
ガ
ガラ
カパ
イシハラさんへ
イシハラさんへ
あった……

十三年だ
十三年間、俺はずっと……
フクダ君！
ユウ君

サトミ……
カタ
少し、昔話をしたくなった
俺とアイツの、過去の話——
カタ
カタッ
VIP Saervice
パー速VIP
更新
検索
全部
最新50
:以下、VIPにかわりましてパー速民がお送りします :20XX/09/06(日) 12:
昨日昔を思い出す事が有ったから
聞いて貰いたくなったんだよ。
暇な人は聞いてくれ。
—19xx年4月—

I'm falling for a girl who gave me "KESHI-GOMU".

Authors:FUKUDA(w),sigawatari Illustration:sime

消しゴムをくれた女子を好きになった。

著 FUKUDA(w) 志賀渡
イラスト sime

PHP

CONTENTS

第一章　中学生編

4

これは俺が出会った、ある女の子の話だ。

その子と初めて会ったのは、俺が中学一年生のときだった。彼女は特別かわいいというわけではなく、どちらかといえば雰囲気美人だった。良く言えば石原さとみに似ている。まぁ、あくまでも「良く言えば」ね。それから、天然ガールだった。

ちなみに俺はといえば、めちゃくちゃ普通の男子中学生。強《し》いて特徴を挙げろと言うのなら、チュートリアルの福田に似ているらしい。便宜上、彼女のことを『イシハラサトミ』、俺を『フクダ』とする。

話を元に戻そうか。彼女とは同じ中学の、同じクラス、座席が隣同士だった。

俺の通っていた中学は、ごくごく普通の公立学校だった。私立のお坊ちゃま、あるいはお嬢様中学に通っていた人以外は、だいたい自分が通っていた学校を思い描いてもらえればあってると思う。どこにでもある、新しくはないけど重々しい歴史もない中学校だ。

中学に入って初めての授業のときのことだ。俺が板書をしていると、隣から「あ、」という小さな声が聞こえた。サトミだった。何かと思ってちらりと見ると、サトミはシャープペンシルを必死にノックしていた。カチカチと小さな音をたてながら、左手で筆箱の中身を探っている。芯が切れて、しかも予備が見つからない、といったところだろう。

あーあ、と俺が思ったところで、サトミはいきなり頭を抱えた。なんというか……サトミは非常にわかりやすい奴だった。

「ん〜〜」

今度はうなりだす始末。さらに授業中にも関わらず、きょろきょろと教室内を見渡している。同じ小学校だった奴でも探しているのだろうか。

さすがに周りの席の奴らがちらちらと気にし始めたので、ほっとくわけにもいかないな、と俺は一つため息をつく。先生に見つかりでもしたら、きっと彼女は恥ずかしい思いをするだろう。

俺は自分の筆箱からシャープペンシルの芯ケースを取り出して、そのままサトミの机にそっと置いた。はっとこちらを見たサトミが、「いいの？」と口を動かす。俺は黙って頷いた。

芯を一本だけ取り出してノートの上に置くと、サトミはそのノートの端を少しちぎり、何やらごそごそとしている。俺はいつまでもじっと見ているのも気が引けたので、その様子を横目で見ていた。少しあとに、俺の机の端に芯のケースとノートの切れ端が置かれる。

それを見て、俺は少し照れた。

【ありがとう】

ノートの切れ端には、ピンクの色ペンを使ったかわいい文字でそう書かれていたのだ。

「これしきのことで照れるなよ」とか言わないでほしい。何せそのときの俺はまだ中学生になりたてのガキで、女の子とまともに話したこともないような奴だったのだから。

何も反応ができず目をそらした俺の耳に、またサトミの「あ……」というつぶやきが聞こえた。見ると、泣きそうな顔で机の下を見つめていた。……どうやら芯を落としたらしい。

正直に言う、俺は笑いそうになった。

笑いをこらえながら、俺はケースから芯を三本取り出してサトミに渡した。するとサトミは、ぱあっと顔をほころばせ、折らないようにそっと芯を受け取る。芯に集中しているのか、眉間《みけん》にしわが寄っていた。

本当にわかりやすい奴。そう思っていたら、サトミは何をひらめいたのか、慌《あわ》てた様子で筆箱から消しゴムを取り出し、それをいきなり真っ二つに割った。

そしてその半分を俺に渡し、一言。

「ありがとう。こんなのしかないけど、お礼」

そのよくわからない行動に、「ああ、こいつ天然なんだな」と確信しつつ、俺はなんだか萌《も》えていた。絵に描いたような萌え行動だと思った。

それが俺とサトミの出会いだった。

このときはまだサトミに対してなんの気持ちも抱いていなかったし（確かに変な奴だとは思ったけれど）、特に意識もしていなかった。それ以降、これといった接点もなかったしな。ただ席が隣になっただけの天然さん。その席も、一学期の中頃で替わってしまったし。

これはまだ、『出会い』の話。本題は、この一年後のことだ。俺は二年に進級し、またサトミと同じクラスになった。

二年になって最初のホームルームで、何でか俺は学級委員長に選ばれていた。

言っておくが、俺は別に成績優秀というわけじゃないし、目立ちたがり屋というわけでもない。リーダーシップ？　くそくらえだ。

じゃあどうしてなったのかというと。……誰もやる奴がいなくて、たまたまくじ引きで選ばれた。ただそれだけだ。

そして副委員長に選ばれたのが、サトミだった。

くじ引きで選ばれた不運二人は、参加した初の学級委員会で「委員二人で話し合い、クラスの目標を決める」という宿題を出された。おいおい、女子と二人で話し合えとかいきなりハードルが高すぎるんじゃないか？　逃げたい。

とはいえ、言われたからには決めなければならない。俺とサトミは教室に戻り、二人で会議をした。このときもまだ俺は、サトミに対して特別な感情を持っていたわけではなかった。なかったが、放課後の教室で女子と二人きりというシチュエーションは、少なからず俺を興奮させた。

ええ、どうせ変態です。なんとでも言うが良い。

興奮を隠し切れない俺に対して、サトミは普通だった。男子と接するのに慣れているのか、俺のことをまったく意識していないのかはわからない（前者であることを祈るが）。

結局喜んでいるのは俺だけか。はいはい俺乙。と冷静になりかけた、そのときである。

委員会用のノートに話し合いの内容をまとめながら、サトミがぽつりとつぶやいた。

「委員長がフクダ君で良かった」

俺はドキッとした。なんだよ急に、と頭に言葉が浮かんで……口には出せない。

「去年もクラス一緒だったしね。それに、フクダ君優しいし」

ノートから顔を上げて、サトミがぱっと……笑った。

初めてだった。女子にそんなことを言われるのは。こんなふうに笑いかけられることは。

だから俺は、そのときこう思ってしまったのだ。

(こいつ、俺に気があるんじゃねーの!?)

なんかもう、くだらなくてすみません。本当にガキだったんで許してやってください。By今の俺。

とはいえ、これは期待せざるを得ないよな。そうだろう、全国のオトコノコ諸君。女子が裏でなんと言おうと、男はちょっとしたことで期待してしまう馬鹿な生き物なんだよ！

そしてたぶん、俺は見事にその罠《わな》にはまったわけだ。サトミには仕掛けたつもりが米粒ほどもなかろうと、今思うとこれがサトミを意識し始めたきっかけだったのだろう。


さて、飛び飛びで申し訳ないが、話は後日行われた家庭科の調理実習に移る。

実習で使う食材は、前日にみんなで買いに行く、という決まりだった。だったはずが、各々部活だの委員会だので忙しいらしく、なんでか学級委員が代表して買いに行くことになった。先生がそう言うならば仕方ないとはいえ、それもどうなんだ、と思わずにはいられなかった。なんでかって、そりゃあ、なぁ。

「うーん、仕方ないねぇ。じゃあいったん家に帰ってから待ち合わせしようか？」

サトミはなんでもないように言う。しかしよく考えてくれたまえ諸君。学級委員が代表で買いに行く。つまりサトミと二人で買いに行く。つまり……女子と二人きりで——デート、というわけだ。

俺は焦《あせ》った。テンパった。急いで家に帰り、髪型をセットし直した。着ていく服を必死で選んだ。

一つ断っておきたい。このとき俺は別にサトミのことが好きだったわけではない。単純に、女子と二人で買い物に行くという初めての体験に舞い上がっていただけだ。中学くらいの男子ってそんなもんだろ？

無事服を着替え終えた俺は、鏡に映る自分を見て正気に戻った。

「俺、張り切りすぎじゃね……？」

鏡で見た『俺』は懸命のおしゃれをしていた。髪型までばっちりセットされている。これはもしかしたら、いや確実に「え、何この格好。たかが調理実習の買出しに気合入れすぎじゃない？」って感じにひかれる。これで「厨二乙ｗ」とか思われたら最悪だ。いや中二なんですけどね、正しい意味で。

結局、俺はごくごく普通の格好で行くことにした。

待ち合わせの時間は午後三時……なのだが、俺は二時過ぎに近くのスーパーにたどり着いていた。焦りすぎである。あまり早く待ち合わせ場所にいるのもなんだかかっこ悪い気がしたので、俺はスーパーのトイレに隠れてサトミを待つことにした。……少しストーカーの気質があるんだ、あまりつっこんでくれるな。

約一時間後、三時ちょっと前にサトミがスーパーに姿を現した。女子の私服を見るのは初めてだったので俺は興奮した。変態でサーセン。でも（当たり前だが）そんな様子を見せるのは恥ずかしかったので、俺はできる限りそっけない態度をとりながらサトミに近づき、言った。

「あー……だりぃー。イシハラ、お前一人で買い物してこいよー」

本当、俺何様のつもりなの？

二人並んで、スーパーの生鮮品コーナーをゆったりと歩く。夕方の買い物ラッシュにはまだ早いらしく、人はまばらだった。

幸せって、きっとこういうことを言うんだろう、うん。

「ん〜、こっちの方が脂身が少なくていいかなぁ。あ、でも量足りないかも？」

俺にとってはただの〝肉〟でしかないそれらも、彼女にかかれば牛・豚・鶏、そしてそれぞれの部位にわかれ、さらに切り方にまで種類が出てくるらしい。パックの中の肉を、じっくりと吟味するサトミ。納得がいったように頷くと、何故かそのパックを棚に戻して立ち去ろうとした。

「あれ、やめんの？」

尋《たず》ねると、きょとん、と大きな目を見開いて小首をかしげた。

くそう、かわいいな。わざとらしい咳払いをして、にやけた顔をリセットする。

「だから肉。買わないの？　あんなに悩んでたのに？」

「えっ？」

サトミは棚と買い物かごを見比べて、ようやく気づいたのか恥ずかしそうに頬を染める。

「やだ、なんか選んだだけで満足しちゃってた！」

「おいおい、しっかりしてくれよ〜」

「ごめんごめん。今日は牛肉が安いから、すき焼きにしよっか」

「やった。でも春菊はパスな」

「だ〜め。嫌いでもちゃんと食べなさ〜い！」

つん、とサトミの指が俺の額を押す。端から見たら馬鹿丸出しだが俺はかまわん！　本望だ！　バカップル最高！　リア充最高！　世界は我等のためにある!!

「とうとう暑さで頭沸いたか。キモい！」

ゴンッ。

鈍い音が、耳でなく頭の中から響く。頭を真っ二つにされる、と言ったら大げさだけれど、とっさにそう思ってしまうほどの激痛が頭の上一直線に走った。

「いってぇ！　何しやがる!!　……って、あれ？」

じんとした痛みに悶《もだ》えながら顔を上げると、そこは衣替えがすんだ夏の教室だった。棚に並んだ肉も野菜の入ったカートも、もちろんビバ☆新婚と言わんばかりのペアルックに身を包んだサトミもいない。……ま、制服ってある意味ペアルックだよなと思えばちょっと幸せな程度。頼まれてもペアルックなんかしたくない女子がいるのが欠点か。それ以前に男子全員お揃いだった。うぇ。

「またイシハラで妄想でもしてたんだろ、このむっつりスケベ」

目の前には右手を痛そうにさする男子が一人。こいつは俺の友人の——インパルスの板倉に似ているからイタクラとしよう——イタクラだった。きっとあの右手で俺の脳天にチョップを食らわせたのだろう、かなり痛そうだ。ざまぁみやがれ、人を呪わば穴二つだ。

「またってなんだよ。あと、お前にだけはスケベ呼ばわりされたくねぇっての」

ちなみに、彼は超がつくほどの変態だった。

よしわかった、説明しよう。彼の名はイタクラ。小学生のときからの親友だ。当時の俺が持っていたエロ知識のほとんどが彼からの受け売りだったと言えば、彼の性への関心（と言うとなんだかかっこよくてむかつく）の高さが伺《うかが》えるだろう。彼の持つ武勇伝のいくつかを紹介すると、女の先生（当時四十八歳）の靴を盗んで匂いをかいだり、幼稚園児に「おチンチン触ってみる？」と聞いてみたり、俺の……いや、これは俺の黒歴史にもなるので黙っておこう。まあつまり、一歩間違えると補導ものの、オールマイティ変態だった。キャーイタクラクンカッコイー！　少年法の少年院送り対象が、当時十四歳以上でよかったね！　今おおむね十二歳だから危なかったよ！

「いい加減認めちまえよ。お前、イシハラのことが好きなんだろ？」

「んなことねーって」

「あいつはたぶんエロいぞー。あのぽてっとした唇はエロいのが相場だ」

「童貞のくせになんでそんなことがわかるんだよ」

「なんでって、勘だよ、勘！」

イタクラは、俺がサトミに惚《ほ》れていると決め付けていた。確かに、調理実習前日に突発的に起きた買出しイベントから、俺の妄想にサトミが頻繁に登場するようになったのは事実だ。そのときの流行は、俺がエスパー能力者で、それがサトミにだけバレるという……あ、この話関係ないからやめるね。恥ずかしいし。

俺の中でサトミは、「付き合えるなら付き合ってもいい女子」という位置づけにいた。そりゃあどんな女子にだって告白されたらうれしいだろうけれど、「だが断る」と拒否する権利はこっちにもあるはずだ。……何この上から目線。何様なの？

俺はちらりとサトミの方を見た。女子何人かが周りに集まり、楽しそうに話をしている。その頃はまだ教室にクーラーなんて素敵なものはなかったので、涼をとる術《すべ》はうちわ代わりの下敷きくらいしかなかった。サトミたちはピンクやら黄色やらで描かれたキャラクターものの下敷きを使い、交代制でお互いを扇《あお》ぎ合ったりしている。笑う横顔。明るい声。イタクラの言ったとおり、サトミの唇はぽってりしていていかにも柔らかそうだった。思わずごくりと唾を飲み込む。

付き合っても良いかな、なんて高飛車《たかびしゃ》な言葉は、ひっくり返せばただの臆病心の現われだった。つまり、自分から告白なんて絶対にできない。そもそもあの日の買い物だって、先生に命じられて、サトミが誘ってくれて、それでようやく行くことができた。たとえ学級委員の仕事だからって、自分から「じゃ、仕方ないから行くか」なんて口が裂けても言えるわけがない。

あの買い物のあとだってそうだ。サトミが持つ重そうな荷物を見ながら、「持とうか？」の一声も出せないような男なんだよ、俺は。

そもそもなんで俺が学級委員長とかやっているのかもわかんねぇし。どう考えても役者不足だろう。一人妄想でシコってるようなヘタレが、誰に対しても明るく振舞えるサトミと付き合いたいなんてお門《かど》違いなんだよ。

ああ、なんて臆病な俺……と軽く悦《えつ》っていたら、授業開始を知らせるチャイムが聞こえた。皆がガタガタと席に戻っていく中、開け放たれた教室の入り口から、担任がめんどくさそうな顔を覗《のぞ》かせた。

「ホームルーム始めるぞー。学級委員、二人とも前に出て来い」

「あ、はーい」

担任の言葉に、明るい声が答える。サトミだ。返事をしそびれた俺は、無言のまま教卓へと向かった。今度は何をやらされるのだろう。先生から手渡されたプリントには、めんどくさそうな文字が並んでいた。これは……長引きそうだな。

そして案の定。

「おらー、立候補者が出ねーと終わらねーぞー」

若干キレぎみの先生の声。授業終了まであと十分そこらという時間。

黒板には、サトミのかわいい字で「文化祭実行委員」「男子三人」「女子三人」と書かれている……だけだった。誰一人として手を上げず、また目も合わせようとしない。

俺はメデューサか何かか。

もう何回目かわからない、俺の「誰かいませんかー」という声は、むなしく夏の午後の教室に蕩《と》けていく。そりゃそうだろう。実行委員なんて、期間が短い分学級委員より忙しいし面倒だ。学級委員すらくじ引きで決めるようなクラスで、立候補者が出てくるとは思えない。

イタクラに助けを求めようとも、奴は目を伏せて寝たふりをしている。寝たふりを選んだせいで汗がぬぐえず、さっきから目元がぴくぴくしていた。ざまぁ。

「誰かいませんかー」

喉渇いた。つか、疲れた。イタクラ、別にお前に実行委員をやれなんて無茶振りをしようとなんて思っていない。ただ一言「またくじ引きで決めればいいじゃん」と言ってほしいだけなんだ。先生はイライラして貧乏ゆすりを始めたし、本気でキレるのも時間の問題だろう。

俺はちらりとサトミを見た。サトミなら友達も多いはずだし、誰か一人くらい候補を……。

なんて、他力本願なことを考えたのが悪かったのだろうか。

サトミは俺の視線に応えるようににこっと笑い、そのまま俺に近づいてきた。何？　と聞く間もなく、サトミは俺の手を掴み、頭上高く上げて言う。

「はい！　私たち二人、実行委員に立候補しまっす！」

「……へっ？」

そこで慌てて先生の方を見てしまったのが運の尽き。

「よし！　決まったな。じゃあお前ら二人で残りのメンバー指名しろ！」

しくった、失敗した、やっちまった！　サトミを見て「冗談だろ？」って言うのが回避ルートだったか！　俺の馬鹿！　すかぽんたん！　リセットボタンはどこだ!?

残りのメンバーが指名というのもいただけない。ここまで決まらなかったというのに、指名などしたものなら恨まれること必至だろう。俺はそんな恨みを買うのはごめんだ。断固反対する！

と心では思いながらも、俺は文句を言うことができなかった。俺は先生の表情を見て、ある事実に気づいてしまったのだ。

こいつ、完全に飽きてる。

そして俺も正直、疲れていた。

と、いうわけで、学級委員に引き続き非常に理不尽な感じで、俺は文化祭実行委員になった。もう何か憑《つ》いているとしか思えない。

せめて道連れにしてやろうと、俺は一人目にイタクラを指名した。寝たふりで通そうったって、一刻も早くクーラーの効いた職員室に戻りたい先生を味方につけた俺らに敵《かな》うわけがないだろう、ＪＫ。

「拒否は認めねぇ」って宣告したばかりだしな。もう一人は、たまたま目が合ったモリ君（特にこれといった特徴がないので、本名）を指名した。彼はいつも一人でノートに漫画を描いているような奴で、正直押し付けやすかったんだ、すまん。

女子の方は、サトミの友達二人が指名された。これで無事六人全員決まったわけだが……さらなる事件が起こる。

夏休みに入ってすぐ行われる実行委員の話し合いが、何故か俺の家で行われることになったのだ。どうやらうちが学校から一番近く、ついでに集まりやすい環境だったらしい。

「明日、クラスの女子とかがうちに来るから」

話し合いの前日。俺のその一言で、家の中はちょっとしたパニックになった。

まず母。やたら張り切り家中の大掃除を始める（今思えば、世の母親はだいたいこういう反応をするのだろう、きっと）。

父、何故か会社を休んで接待をすると言い出す（中学生相手に接待って何だ）。

そして弟（小学校二年生）、何故か吐く（両親の慌てっぷりに当てられた様子）。彼のおかげで両親は別の意味でパニックになった。というか、カオス？

とはいえ俺も大慌てで部屋の掃除をしていたクチなので、あまり人のことを言えた立場ではない。

だって、女子が、というか、サトミが、俺の、部屋に、来るんだぜ？　これで慌てずどこで慌てろというのだ。

混沌とした一日を越え、当日。俺は朝六時に目を覚ました。夏休みにこんなに早く、しかも自主的に目を覚ますなんて初めてだった。

集まりは午後からだったため、もう一眠り……と布団に横になってみたものの、いつまで経っても眠気はやって来てくれない。むしろ、逆に何か掻《か》きたてられるような衝動が渦巻いていて、いてもたってもいられなかった。仕方なく布団に包まってごそごそと妄想にふけるも、それはなかなか静まらない。

……え？　妄想にふけって何やってたかって？　そこは黙ってスルーしておけよ。

さて、待ち合わせ時間ぴったり。モリ君がやってきた。待ち合わせ時間ぴったり——一時間前に。

「あ、パトレイバー」

モリ君は俺の本棚を一瞥《いちべつ》すると、普段見せることのない鋭い表情で（一方的に）漫画講義を始めた。

正直に言う、帰ってほしかった。

モリ君の（一方的な）語りにうんざりしきったころ、ピンポンと軽快なチャイム音が響いた。母の甲高い声を聞きながら部屋を出ると、玄関に女子三人の姿が見えた。

「あっ、フクダ君だ。お邪魔します！」

ぺこりと頭を下げる動きに合わせて、サトミの肩まで伸びた黒髪がさらりと流れる。そんな動きに見とれながら、俺の心臓はすさまじい勢いで鼓動していた。俺の部屋に女子が来る、という現実に、めまいを起こしそうになる。

　ちなみにモリ君は、女子が部屋に入ったとたんぴたりと口を閉ざし、物言わぬ置物のごとく俺の部屋と同化した。

　女子がきゃいきゃいと部屋を見回し、今まで見たこともないほど派手な化粧と服を着た母さんが紅茶を運び終えた頃、ようやくイタクラがやってきた。お前、うちから一番近いはずだよな？

　そして一言。

「フクダ、エロ本どこ？」

　遅れてやって来たと思ったら突然何を言い出すの、君。

　彼のこの言葉に一番反応したのは、意外なことに女子だった。

「えっ、エロ本なんてあるの？」

「うそうそ、どこ？」

「ねーよ！　イタクラ！　勝手にあさるな馬鹿！」

　慌ててイタクラを押さえつけようとしたら、今までしゃべるどころかピクリとも動かなかったモリ君が、俊敏な動きで――押入れを開けた。

「ちょ、何やって……」

「あった」

　にやりと笑い、モリ君は昨夜俺が必死になって隠したエロ漫画をゆっくりと取り出した。

「よし、モリでかした！」

「えー、なんでわかったの？」

「大体目線でわかる」

「うそ！　モリ君すごーい！」

「やだー、フクダエロいー！」

かわるがわるエロ本を回しながら、そいつらは好き勝手騒ぎ立てる。俺は赤くなればいいのか青くなればいいのか、端的に言えば今すぐこの場から消えたくなった。察してくれ。

「サトミも見てみなよ、これすごいよ」

エロ本がサトミの手に渡った。彼女は顔を真っ赤にしてうつむいてしまう。小声で何やら話していたが、世を儚《はかな》みたくなった俺の耳には届かない。

「モリ、もっとねぇの？」

「ある。たぶんこれお気に入りだ、折り目がついたページがある」

「もうやだー」

もうやだは俺のセリフだよ！

サトミは下を向いたまま動かなかった。俺のエロ本で騒ぐ女子たちを横目で見ながら、俺は新たな感情がふつふつと湧き上がるのを感じていた。

そう、俺は、興奮していた――！

「もういいじゃん！　早く話し合いしようよ‼」

俺が新しい扉を開きそうになった瞬間、サトミの声が響く。その声はちょっと裏返っていて、ちょっと泣きそうだった。これは……かなり怒っている。一気に現実に引き戻された俺たちは、居住まいを正してとりあえず母が持ってきた紅茶を飲んだ。怒ったサトミをなだめるように、女子を中心に話し合いが始まる。

そんな中で俺は……もう死んでやろう、と思っていた。というか本当今すぐ死にたかった。

押し黙った俺に、女子が「フクダ君は何かアイディアない？」と話を振る。すべてがどうでもよくなっていた俺は、特に考えもなく……ほぼ反射でこう答えた。

「和太鼓《わだいこ》とか……派手だし目立つかもな」

各々適度にざわついていたみんなが、一斉に俺の方を向き、そして。

「それ……良いな……！」

一気にテンションを上げてきた。その様子に俺はビビりながらも、ほめられて悪い気はしない。

「さすがフクダ君。それ、すごく楽しそう」

訂正。サトミにそう言われたらもう舞い上がるしかなかった。プラス、サトミがもう怒っていないことがわかり、内心少し、いやかなりほっとしていた。正直かなり救われた。

そんな安堵でいっぱい——いや、得意になっていた俺は、そのまま実行委員長の任を勢いで了承した。舞い上がっていたとはいえ、今考えればそこで断っていたら確実に場が白けていただろうから、賢明な判断だったと思う。

その上、俺にはご褒美《ほうび》が待っていた。

「じゃあ副委員長はイシハラがやれよ」

イタクラ、マジＧＪ。

その後は女子の予算を無視した衣装談義や、男子のモラルを無視した衣装談義（資料はその辺にあった漫画）で盛り上がり、解散となった。みんなを玄関まで送り、部屋を片づけていた俺はふと思う。

……和太鼓って、どうやって用意するんだ？

もしかして俺はとんでもなく無責任なことを言ってしまったのかもしれない。

部屋には女子が書き散らしていった衣装案が散らばっている。話し合い中のみんなのテンションを思い出すと、できないかも、とは言えそうになかった。なんであのときの俺は突然和太鼓なんて口走ったの？　バカなの？　死ぬの？

小一時間悶々《もんもん》とそんなことを考えていたら小腹が減ったので、とりあえず俺はアイスを食べることにした。

余計なことを考えないよう、アイスの味や食感だけに集中する。アイスよ、アイスよアイスさん、お前はどうしてそんなに冷たいの？　いや冷たくなかったらアイスなんて名前ついてないからね。

脳内でアイスと会話していると、部屋の外からどたばたとした足音が聞こえた。何事かと顔を上げた俺の目の前で、部屋の扉が勢いよく開けられる。母だった。

「ちょ、女の子！　女の子から電話よ!!　イシハラさんっていう子!!　早く！　早く出なさい!!!」

「はっ？」

「とっとと電話出なさい！　切られちゃうわよ!!」

「なんで切るんだよ!?」

母の慌てた声につられ、つい怒鳴り声を返す。

しかし今なんて言った？　女の子？　イシハラ？　電話??

「イシハラから電話!?」

「だからそうだってさっきから言ってるじゃない！」

「うわあああああああ」

頭の中でそれが事実だと判断されたとたん、俺は動転して手にしていたアイスをなぜかベランダへと投げ捨て、電話へと走る。

受話器を取る前に、一度深呼吸。遠くで弟の泣く声が聞こえた（どうやらまた吐いたらしい）。慌てたそぶりを必死に隠して、俺は受話器を取った。

「イシハラ？　誰かと思ったわ」

お前そこはまず待たせたことを謝れよ!!

『ごめんね、急に電話して……。あ、今日はありがとう。部屋借りちゃってごめんね』

俺の不機嫌な声に、むしろサトミの方が申し訳なさそうな様子だった。待たせたのはこっちなのに……罪悪感が募《つの》る。あと今日のお礼言っちゃうあたり、本当にサトミは礼儀正しいできた子だなと思う。

「いや、それは良いけど……。で？　なんか用？」

それに引き替え、俺はサトミの百分の一でも謙虚さを持てないの？

『あのね、和太鼓なんだけど……どこで借りるかって決めてる？』

「へ？　いや、決めてないけど」

『良かった。あのね、お父さんの知り合いに、太鼓とか楽器を貸し出している人がいるの。その人に相談してみたらオッケーだって言われて。一回実物を見に来ないかって言われたんだ。……フクダ君？　聞いてる？』

　サトミ、お前は女神か。俺が一人でのたうち回ってるうちにそんなに話を進めていたとは。

「えっ、ああ、聞いてる聞いてる。へー、見せてくれるんだ？」

『うん。ちょっと急なんだけど、フクダ君明日空いてる？　一緒に見に行かない？』

　明日？　一緒に？　……二人で？

「ああ、うん、空いてる、けど」

『良かったー。その人が明日来いー！　って言ってて。フクダ君がダメだったらどうしようかと思ってたんだー』

　え、つまり、それは

『とりあえず時間もないし、私たちだけで見に行けばいいよね？』

　き……

　キタ――――――!!!!

　内心で例の顔文字がぐるぐる回っていたけれど、俺はできるだけ冷静に「まだ本決まりじゃないしな」とか言っていた。実際は心臓バックバク。手汗で受話器が滑りそうだった。待ち合わせの時間を決めて、受話器を置く。俺は叫び出したい衝動を抑え、走った。

そう、イタクラの家に、自慢をしに!!

「聞いてくれイタクラ俺は明日イシハラと二人でお出かけすることになったぞ!!!」

「ふざけんな」

一息で叫んだ俺の言葉にかぶせるように、イタクラの固い声。走ってきて息も絶え絶え、しかもろくにろれつの回っていない俺の言葉がよくすぐわかったなと感心する。

「ふははは俺に言ったのが運の尽きだな！　俺も行く！　お前だけ女子ときゃっきゃうふふなどさせるか!!」

「おまっ、そこは温かく送り出してくれよ！」

「こんなくそ暑いのに温かくもクソもあるかー!!!」

そして俺は、イタクラと中学に入って三回目の喧嘩をした。イタクラの母ちゃんに「近所迷惑！」と怒られつつ、今回は俺が勝利した。

「呪う！　呪ってやる!!」

イタクラは喧嘩に負けるといつもこの言葉を連呼する。その口へん、今回ばかりはしめすへん（〝ネ〟ってやつ）で聞こえるぜ。心の底から存分に祝ってくれたまえ！

その後、明日邪魔をされないよう念のためアイスを奢《おご》ってやると、奴は「どうせお前はイシハラに振られるから」という呪いの言葉をつぶやいた。

家に帰ると弟が気持ち悪そうに居間に転がっていた。それを横目で見つつ部屋に戻り、俺はタンスをひっくり返した。俺は可能な限りのおしゃれをしようと意気込んでいたのだ。服が決まると、次に貯金箱を割ってその金額を確かめた。だいたい一万円くらいある。これだけあれば和太鼓を見た後に飯に誘えるだろう。にやけながらそれを財布にしまい、一緒に入るならどんな店が良いだろう、と考える。神妙な顔をしたまま飯を食う俺に、母は始終そわそわしていた。

女の子からの電話の後、突然家を飛び出し、帰ってきたと思ったら部屋に閉じこもるというコンボ。そりゃあ心配するよなとは思いつつ、あんたが落ち着かないとまた弟が吐くからやめてほしかった。家族が寝静まった後も、俺は眠れるはずがなく鼻血まで出す始末。こそこそと母の雑誌を読み、おしゃれなお店を探したりもした。自分でも思ったよ、舞い上がりすぎ。和太鼓を見に行くってだけなのにね。

翌日、一睡もできなかった俺は午後一時の待ち合わせのため——午前十時に家を出た！

そして待ち合わせ場所の駅前に十時半に到着した。約束の一時間前に家にやって来たモリ君を、俺は笑えない。

落ち着かないので、とりあえず近くのコンビニに入り雑誌を読みあさることにした。何度も時計を見るが、時計の針は遅々としてなかなか進まない。落ち着かず俺は十一時頃に一度外に出た。そのまま駅から少し離れた木陰に隠れるように入る。時々コンビニで飲み物を買ったりしつつ、行ったりきたり。町行く人たちがみんな不審な目で俺を見る。

俺はどう見ても立派な変質者だった。

俺が三本目のデカビタCを飲み終えた頃、サトミはやってきた。時計を見ると待ち合わせの十分前。俺は駆け出しそうになる足をなんとか止めて、しばらくしてからゆっくりと近づいていった。断じて私服のサトミを凝視していたわけではない。断じて。流行に疎《うと》い俺から見ても、サトミの私服はとてもかわいかった。

「あ、フクダ君」

ダルそうにしながら歩く俺を見つけ、サトミが手を振る。それに応えてちょっとだけ手を挙げ、俺は……

「おう……つかあっちぃな……ダルくね？」

聞く人が聞けば、ぶん殴られるようなことをのたまった。

「あ……ごめんね、暑い中付き合わせちゃって……」

しかしサトミは怒ることなく、むしろ心から申し訳ない、という顔で目を伏せた。

「え、」

「ごめん」

「あ、いや、別に」

本当俺、熱中症で倒れて死ねば良かったのに。

気まずい空気を抱えたまま、俺とサトミは電車に乗り込んだ。行き先はサトミしか知らないので、俺は彼女の言うとおり後ろからついて行く。

一人分の隙間を空けて座席に着く。ふと見たサトミの顔は、とても緊張していた（とてもわかりやすいんです、彼女の表情は)。

「あの……さ」

「ふぇっ」

なんとなく声をかけると、小動物みたいにビクリと身をはねさせる。上ずった声がかわいい。

「え、あ、なに?」

「いや、どうしたのかなと」

「ああ、えと、あのね」

サトミは恥ずかしそうに目を伏せて、絞り出すような声でこう言った。

「私、方向音痴で……だから間違えないようにしなきゃって……」

さっきから手に握っている紙は、行き先をメモしたものだったらしい。なんか初めてのお使いっぽい。すごくかわいい。萌え。

しばらく黙っていると、車内アナウンスが次の駅名を告げる。それを聞いたとたん、「あっ!!!」と叫びながらサトミが急に立ち上がった。あまりにびっくりして俺ものけぞる。

「な、何?」

「逆!!!」

「何が!?」

「電車! 方向逆だ!!」

しかも急行です。

「だぁっ!?　つ、次！　次の駅で降りるぞ!!」

開いた扉から慌てて駆け出すと、ちょうど逆方向の電車が止まっていたので、急いで駆け込んだ。

アナウンスの後扉が閉まる。焦って火照《ほて》った頬に、空調の冷気が気持ち良い。

「……は、はは……間に合った、な」

「そ、だね……あはは」

俺らはくすくすと笑いながら座席に着く。うまい具合に緊張がほぐれたのか、目的地に着くまで話がとぎれることはなかった。

二人の距離は、座席半人分に縮まっていた。


「あー、まだ四時かー。中途半端な時間だな」

お天道様はまだまだ高く、なんとなくまだ夕方という気がしない。

楽器を見終わり、帰りの電車に乗り込んだ俺は、わざとらしくそう言った。正直楽器の善し悪しなどわからないので、和太鼓を見ているふりをしながら、俺はずっとどうやってサトミを誘おうか考えていた。飯に誘うにはまだ早いし、茶を飲むには少し遅い。

「そうだねー。でも暑いねー」

お世辞にも柔らかいとはいえない座席に、サトミはちょこんと腰掛けている。窓の外の景色を見ながら、あの映画ってまだやってるんだ、とか、あの看板なんだろう、なんて取り留めもない会話。どうやってもお誘いに発展できない。

ああ、無理だわ。童貞の中坊がクラスメイトの女子をデートに誘うとか、所詮無理ゲーだったんだわ。

すっぱりと諦めた俺は、文化祭うまくいくと良いな、とつぶやいた。

地元の駅に着き、夢のような時間もこれで終わりかと感慨にふけっていると、つい、とシャツの裾が引かれた。

「フクダ君、かき氷やってる！」

隣を見ると、サトミがお好み焼き屋の店先にぶら下げられた「氷」の幟《のぼり》を輝かしい笑顔で指さしていた。もちろん逆側の手は……俺の服を引っ張っていた……！

何これ！　すごく恋人っぽい‼

「じゃあ、食ってこっか？」

サトミのキラキラした目に乗せられたのかどうか知らないけれど、俺はその言葉をごくごく自然に発することができた。どもらずに。

「行く？　じゃあ入ろう！」

ぱっと笑って、意気揚々《いきようよう》と歩を進めるサトミの後を追いかける。そのとき放されたサトミの手をじっと見るが、さすがにここで「手をつなぎたい」は贅沢すぎだろうと諦めた。

「ねえ、フクダ君、ベロ出してみて？」

真っ青なブルーハワイを食べ進めていると、何かを企《たくら》むような笑顔でサトミがそう言った。わけがわからないまま、言われたとおり舌を出すとサトミははじけたように笑い出す。

「あっははは、フクダ君、ベロ真っ青！　ははは、おもしろーい！」

「腹抱えるほどおもしろいもんなの？」

「おもしろいよー。ねぇ、私は？　私も色ついてる？」

ぺ、とぽってりした唇から、小さな舌が出てくる。サトミが食べていたのはイチゴ味だったので、その舌は絵に描いたようなピンク色だった。なんか、エロい。

「赤いな」

「だってイチゴだもん、そりゃ赤いよー」

サトミはやたらと楽しそうだ。きっと天然な彼女には俺と違う世界が見えているに違いない。

「今日は急だったのに本当にありがとう。フクダ君の趣味とかわかっていろいろ楽しかった。実行委員、がんばろうね」

サトミが微笑《ほほえ》むと、ふわっと周りに花が咲いたように見えた。ああ、漫画のあの描写ってリアルに起こりえるんだ、と思いながら、

「いや、うん、そだな」

俺も楽しかったよ、まさかサトミも映画が趣味とは思わなかった。なんて気の利いた言葉も言えず、照れ隠しにかき氷をかっこんだら頭に激痛が走ってサトミに笑われた。

時折痛む頭をトントンと叩きながら青い氷を崩し終えると、ちょっと涼しくなったね、と言って彼女は帰っていった。

一緒に遠出して、一緒にかき氷食べて、舌見せ合って……。これはどう考えてもサトミは俺に気があるんじゃないか、と思い込むには充分な一日だった。とはいえ、この後特に進展があるわけでもな

く、気がつけば夏休みは終わっていた。サマー、イズ、オーバー。

俺とサトミの間柄が「ちょっと仲の良い友達」で停滞した反面、夏休みからこっち、俺とモリ君、イタクラの仲はかなり良くなっていた。漫画の貸し借りは頻繁にしていたし、イタクラなどは学校帰りにモリ君の家に直行するのが常だった。モリ君の家は漫画喫茶並に多様な漫画が揃っていたのだ。

そして取っ組み合いの喧嘩もした。家でのイタクラの態度が頭にきたモリ君が、彼に勝負を挑《いど》んだのだ。結果、イタクラが泣かされた。俺らの記憶の中で、その出来事は「モリの乱　秋の陣」として記憶されている。モリ君を怒らせてはいけない。これが俺とイタクラの共通認識になった。

文化祭の準備はというと、気持ちが悪いくらい順調に進んでいた。新学期最初のホームルームで「出し物は和太鼓」と発表すると、担任は

「金がかからないようにすればそれでいい」

と言い、クラスからも反対意見は出なかった。借りてきた和太鼓を使い、放課後練習に励《はげ》む日々が始まった。

その頃には俺は完全にサトミを意識していたわけだが、ヘタレの自分に告白などできるわけがないと思っていたし、それに今は文化祭の準備でそれどころではなかった。乗せられてなったとはいえ、俺は実行委員長なんだし。もし告白して……その、断られたとしたら、大変気まずい思いを抱えながら準備をしないといけなくなるわけですし？

それに、休み時間に趣味の話をしたり、練習の合間にふと目が合うと笑いながら「お疲れ」なんて言ってみたり。そんな日常の中のほんの一コマがすごく楽しかったし、うれしかったから不満やもや

もやはなかった。

　サトミのフォローもあってか、リーダーシップなんて申し訳程度もないような俺でも、なんとか文化祭当日までこぎ着けることができた。大きな問題は起きなかったし、みんなよくついてきてくれたと思う。本番間際、今にも吐きそうなほど緊張しながら俺はそんなことを考えていた。もちろん、外面は「緊張？　何それおいしいの？」アピールですけどね！

「イシハラ、顔色悪ぃけど、緊張してんの？」

　ぎゅっと両手を握りしめてうつむくサトミに声をかける。それは自分の緊張を紛らわすためでもあった。

「うん……すごく……」

　返ってきた声はふるえていた。ああ、少女漫画だったらここでぎゅっと抱きしめてやるんだろうな、と頭のどこかで考えながら、できるだけ明るい声で俺は言う。

「だーいじょうぶだって！　あんなに練習したじゃん。いつも通りでいいんだから」

　二重の緊張で、俺の足はふるえていた。それでも
「フクダ君はすごいね」

　サトミの笑顔と、その言葉で緊張やふるえはすべて吹き飛んでいった。

　もうその後のことはよく覚えていない。

　結果から言うと、文化祭は大成功だった。俺たちの出し物は最優秀賞を受賞し、クラス全員で抱き合って喜んだ。俺は柄にもなくイタクラと握手を交わし、泣いているモリ君の背中をさすってやった。

いろんな思いで胸がいっぱいになって、ああ、これが青春ってやつか……！　なんて恥ずかしいことを考えていたね。

閉会式が済み、実行委員だけで集まる頃になると、俺の胸にはまた新たな思いが芽生えていた。「お疲れ」という言葉を交わしながら、俺はあることに気づいていたのだ。

これで、サトミとの接点がなくなってしまう。

これまでは文化祭の準備にかこつけて、休み時間や放課後、さらには夜や休日に電話でよく話をしていた。恋愛偏差値ゼロの俺にしてはよくやったと思う。それが、今日で終わってしまうのだ。感動の涙を流す女子とモリ君を見ながら、俺は違う意味で泣きそうになっていた。いっそその雰囲気に流されて、泣いておけば良かったのかもしれない。

そして予想通り、文化祭の熱も冷めきった頃にはサトミを目で追うだけの日常が帰ってきた。夏前に逆戻りかよ。

話しかけようと何度も試みてはみたものの、サトミはいつも友達に囲まれていてなかなか用もないのに近づけない。時々学級委員の仕事でちょっと話す程度だった。……事務的な会話を。サトミは前より笑わなくなっていた。あの夏の日の君はどこに行ったの？　夏が見せた幻影だったの？

完全にサトミに惚れ込んでいた俺は、状況を打破するために思い切った行動に出ることにした。

「なあ、俺、イシハラのことマジで好きだわ」

床暖房がぬくいモリ君の家で、俺は友人にカミングアウトした。漫画に集中していた二人はワンテンポ遅れて顔を上げ、ふむ、と少し考え込むそぶりを見せる。まともな意見をもらえるとは思っていなかったが、一人で考え込むよりはましだろう。

「……女は」

ぽつりとイタクラがつぶやく。

「チョコを食べるとヤりたくなるらしいぞ」

訂正、こいつに相談した俺が馬鹿でした。

「恋愛漫画の王道は、二人がくっつく前に必ず喧嘩するよね」

次はモリ君。イタクラよりはそれらしいアドバイスをくれた。それは、一理ある……！

「喧嘩って何するんだよ。今のこいつはイシハラと接点すらないんだぜ？」

「そんな悲しい事実わざわざ言わなくていい！」

「他の女子と仲良くしてみせて、嫉妬を誘うとかかな」

「何それワクワクする」

「ドキがムネムネするだろう？」

「ドキドキで壊れそう！」

「いや待て皆の衆、その作戦には大きな欠点がある」

「ほう、なんだ申してみよ」

「俺に女子と仲良く会話するスキルがない」

しん、と部屋の空気が冷えた気がした。

「だめじゃん」

「だめだね」

「だから言っただろ、欠点があると……！」

「もう告白しちゃえばいいんじゃない？」

「できたら相談してない」

「お前ヘタレだもんなー」

くっそ、みんな言いたい放題言いやがって……！

サトミとうまくいきすぎて皆忘れているが、それまで俺は女子と会話したことなどほとんどないような男臭い生活を送っていたんだ。

そう、サトミだけだったんだ。放課後二人で学校に残ったり、委員の仕事をちゃんとこなしたり、一緒に出かけたり、かき氷を食べたり……。

思い返してみると、春からいろいろなことがありすぎた。そしてそのすべての思い出に、サトミの笑顔があったんだ。

俺が思い出に浸《つ》かっている間、すでに飽きたのか少女漫画を読みあさり始めた二人を見て、やっぱりこいつらに相談したのが間違いだったのかとため息をつく。いっそどこぞの質問箱とかの方が良いアイディア出るかもな、と諦めかけた俺の耳に、まさかのナイスアイディアが聞こえてきた。

「……ラブレターとか、書けば良いんじゃね？」

イタクラにしてはかなり良い案だったと思う。

　さっそく俺は家に帰ってからラブレターを書きつづった。夜のテンションで書いたそれは、読み返すと破り捨てたくなると知っていたのですぐ封筒にしまい、自分では二度と見られないようにする。

　しかしまあ、書いてみたはいいけどどうやって渡すかが問題でしたね。

　俺は相変わらずサトミを目で追う日々だし、現実で会話できないからって妄想で会話しちゃうし、イタクラにはいつ渡すのかとせっつかれるし。

「さっさと渡しちまえよ」

「お前……実はかなりおもしろがってるだろ……」

「まあおもしろがってないと言えば嘘になる」

「お前……！」

「だけどな、お前ヘタレだからほっとくといつまでも渡せねーだろうと思って心配もしてんだよ」

　がりがりと頭を掻きながら、イタクラの顔はいつになく真剣なものだった。

「友達だろ？　一人になったところ見計らってちゃっちゃと渡してこい。背中くらい押してやるよ」

「イタクラ……！　ちょっときもい」

「殴るぞ」

　イタクラの熱いエールを受けながら機会を待つも、サトミはなかなか一人にならなかった。いや、「これじゃ渡せない」と自分に言い訳をしていただけなのかもしれない。

　あまりに機会がない、プラス、勇気が出ない俺は、もう卒業間際とかに渡せばいいんじゃないかな。その頃になればノリで渡せる気がする。そう思い始めていた。

その矢先の出来事だった。

ある日のホームルームに、サトミが一人で教卓に呼ばれた。十二月、期末テストが終わった頃だったと思う。

「知っている奴もいるだろうが、イシハラが今学期で転校することになった」

一気に頭に血が上って、そして一気に引いていく音が聞こえた。担任の言葉がすぐには理解できなかった。うつむくサトミの表情。注視すればふるえるまつげまで見えそうだった。強く握っているせいで、制服には深いしわが刻まれている。

俺は、ただただショックだった。サトミが転校すること自体もそうだけれど、何より、その事実をまったく知らなかったことに強いショックを受けた。

俺の中で、サトミは一番仲の良い女子だ。これは揺らぐことのない事実。だから俺は勘違いしていたのかもしれない。サトミの一番仲が良い男子は、俺であるに違いない、と。だから大事なことはちゃんと直接伝えてくれると信じていたし、そうであるべきだと思っていた。

つまり、俺はサトミにとって特別な存在ではなかったのだ。

俺の心は深い悲しみのどん底に突き落とされた。暗くて重くて苦しくて、それでも俺は気づいてしまったんだ。心の奥底で、ほんの少しほっとしている自分がいることに。告白しなくて良かった。手紙を渡さなくて良かった。自分の本心を見せなくて、良かったなって。サトミの行動に傷つきはしたけれど、それをサトミに知られずに済んだ。こうして自己完結したことに、俺はたまらなく安堵していたんだと思う。中学生男子っていうのは無駄にプライドが高い生き物だからね。

とはいえ、そんな気持ちが自分にあったことすら認められず、俺はサトミに裏切られたんだ、傷つけられたんだと思うことで自己防衛をはかった。サトミへの気持ちは完全に冷めたと思い込むようにした。学校でもサトミを見ないようにしたし、話しかけようともしない。サトミで妄想することもしないようにした。

でも……無理だった。無意識のうちに目はサトミを追っているし、何かあるとサトミに伝えたいと思った。妄想の中でもサトミの顔が浮かんだ。結局、俺はサトミのことを諦めきれなかったんだ。捨てることなく、いつまでも机の中にしまったままのラブレターみたいに。

そんなある意味追いつめられた状況だというのに、俺はこれといった行動が起こせないまま終業式を迎えた。

サトミの転校を知ってからの妄想のネタが「サトミが俺の家に来て転校したくないと泣きつく」とか「引っ越しをいやがって俺の家に住む」「クリスマスイブに告白される」だった、と言えばだいたい察してもらえると思う。引っ越してしまったらもう会うことはないだろうという状況に置かれても、俺は自分から行動を起こす勇気を持てなかったんだ。裏切られたなんて思いながら、サトミから何かアクションがあることを期待していた。怖かったんだ。余計なことを言ってサトミを困らせるのが。困った顔を見るのが。俺はサトミの笑顔だけを見ていたい……と言ったらカッコつけ過ぎかな。

終業式が終わり、ホームルームが終わり、教室で泣き笑いしながら「手紙書くね」と友達と言い合っているサトミを目に焼き付けてから、俺はいつも通りイタクラとともにモリ君の家に遊びに行った。

「明日だな」

読んでいた漫画から顔を上げないまま、イタクラがぼそりとつぶやく。終業式の翌日に引っ越すのだと、クラスの女子に言っていたのをイタクラも聞いていたらしい。

「お前どうすんの？」

「いや……どうって」

「ああ、イシハラさんのことか。フクダ君、何もしないの？」

「何って……何だよ」

俺は興味がないように振る舞ったが、声がふるえていたのはたぶんバレバレだっただろう。

「もう、いいの？」

諭《さと》すようなモリ君の声が、俺の反抗心をくすぶる。指図されたくない、放っておいてほしい。でも一人でいたくはない。そんな微妙なお年頃だったのだ。

「ウルセーな。もういいんだよ」

イライラしながら吐き捨てると、わざとらしいため息が聞こえる。

「フクダ、お前はアレなの？」

「んだよ」

「自分のことを好きだから、相手のことが好きになるわけ？」

イタクラは馬鹿だ。正直とんでもない馬鹿だ。

だけど、たまに小憎らしいくらい的確に、真理を突いてくる。

「そーか。ま、そうならいいけど？」

気がつけば、俺は読んでいた漫画を投げ捨てイタクラの胸ぐらをつかんでいた。

「何、本音暴《あば》かれて逆上しちゃった？」

「うるせぇな、お前に俺の気持ちがわかるか‼」

「ああ、わかんねーな、チキン野郎の気持ちなんてよ！」

俺たちは中学に入って四度目の喧嘩をした。部屋で暴れたというのに、モリ君は一言も文句を言わなかった。

そして今回は、俺が負けた。いろんな意味で惨敗《ざんぱい》だった。

「このクソガイコツ！」

俺は負けたときの決まり文句を吐き捨てると、モリ君の家から逃走した。悔しくて悔しくて、でも、どこかすっきりしていて。家に戻りラブレターをひっつかむと、そのまま俺は駆け出していた。

……数分後、俺はなぜか自分の部屋にいた。サトミの家に、行く勇気がない。怖い、すごく、怖かった。何度も何度も靴を履き、扉を開けるも、足がガクガクふるえてそれ以上動けなかった。親がその奇行を何も言わずに見守っているのも気にならないくらい、緊張していた。

結局その日、サトミの家に行くことはできなかった。その夜、母親が妙に優しかったのを覚えている。寝つくこともできず、それなら夜中に行ってやろうかとも思ったが、昼間に行けない奴が夜中に行けるはずもない。

俺は衝動のまま、手紙を書き直した。何枚も何枚も書いては破って、サトミに伝えたい言葉を選び抜いた。長く書けば書くほどうまく伝わる気がしなくて、結局最後にできたのは便せん半分にも満たないような、短い文章だった。

俺は緊張なのか興奮なのか、過呼吸になったみたいな荒い息づかいでその手紙を封筒に入れた。言葉にすると気持ち悪さマックスだけれど、それだけ必死だったんだ。ふるえる手で封筒にのり付けする。しわが寄らないように丁寧に丁寧に、祈るように封を閉じた。

次この便せんが日の目を見るのは、今度こそサトミに開けてもらったときでありますように。

また俺に破り捨てられたりしませんように。

窓の外がほんのり明るくなってきた頃、疲れ果てたのか俺は眠りについていた。夢の中の俺は、サトミの家の前にたどり着けたようだった。

現実も、これくらい簡単だったら良かったのに。

頬をぺちぺちと叩かれる感触で目が覚めた。親だったらこんなにかわいい起こし方をするわけがない。俺がガバリと身を起こすと、そこにはイタクラとモリ君がいた。……なぜか金属バットを持って。

「え、な、え？」

「ようやくお目覚めか。良いご身分だな、えぇ？」

二人が部屋にいることがすでに驚きなのに、チンピラのようなイタクラの物言いに俺は正直ビビっていた。なんか、目が据わっていませんか。

「よし、やるか」

「いえっさー」

眼鏡の奥でモリ君の目がキラリと光る。あれよあれよという間に、俺は無理矢理服を着替えさせられていた。

「行くぞ、チキン野郎」

「ど、どこへですか……？」

つい敬語になった俺の言葉に、頼もしいくらいけろっとした声で答えが返ってくる。

「何言ってるの。イシハラさんちに決まってるじゃん」

「さっさと動かねーと、俺の金属バッドが火を吹くぜ？」

「みんなで幸せになろうよ」

「ハッピーエンド以外は認めねぇぞ」

イタクラは知ってたんだ。俺が一人では行けないことを。それでも俺を信じて、昨日はけしかけてくれたんだろう。期待に応えられなくてごめん。でも、見捨てないでいてくれてありがとう。

モリ君も、冬休みが始まったらゲーム廃人になるって言っていたのに、朝っぱらから来てくれてありがとう。

そんなじわじわと温かいものを感じながら、俺は二人に連れられてイシハラの家までの道のりを走っていた。もちろん、手には昨夜書き直したラブレターを握って。二人にお礼を言うのは、こいつを無事に渡せてからだ。

意外と、オタクっぽい外見のモリ君が一番足が速かった。彼の伸ばしっぱなしのストレートヘアが、向かい風を受けてまっすぐ後ろに流れる。

しばらく彼の背中を見ながら走っていると、イタクラの姿が見えなくなった。振り返ると、奴は脇腹を押さえてヘロヘロしていた。そういえばあいつ、短距離は得意だけど持久力はなかったっけ。どっちかっていうと長距離走の選手みたいな体型なのにな。

モリ君の「急げ！」と叫ぶ声が聞こえて、俺は前を向いた（というか、よく走りながら叫べるな、本当尊敬する）。全力で走った。冬の朝の冷たい空気が気管と肺に張り付いて、その形がわかるくらいだった。

サトミの家が見えてきた。

周りに、トラックや車の類《たぐ》いは見えなかった。間に合った、走れば間に合うと思った。鉄と血ならぬ、汗と血が命運を決定するのだ……走れ、俺!!　サトミは、あの家で俺を待ってくれている——はずだ!!

でもね、現実ってそうドラマチックにはできていなかったんだ。

すでに、サトミの家はもぬけの殻になっていた。人が住んでいる気配が消えた、ただの「家」になっていたんだ。

イタクラが遅れてやってきて、いらだったように金属バットで壁を殴った。もう力尽きていて、すごくへなちょこな音が響く。その音が、まさに今の俺らを物語っているようだった。

モリ君が壁により掛かり、大きなため息をついた。俺はその場にへたりと座り込む。

「……俺さ、修学旅行とか、イシハラと一緒に行きたかったよ」

ぽろりと、口から言葉がこぼれ落ちる。

「そっか、」

「高校どこに行くのかとか、将来の夢とか、受験勉強とか」

「うん」

「卒業式、とか……」

ぽん、と肩を叩かれる。いっそ泣けたらすっきりしたのかもな、なんて、文化祭のときと同じ気持ちになっていた。

I'm falling for a girl who gave me
"KESHI-GOMU".
Authors:FUKUDA(w),sigawatari Illustration:sime

第二章　高校生編

「夏だー！」

「海だー」

「ただし男のみである」

「それは言わない約束だろ……！」

あの別れから二つと半分の年が過ぎ、俺たちは高校二年生になっていた。「俺たち」という言葉からわかるとおり、いまだに俺とイタクラとモリ君は三人でつるんでいた。高校も同じだ。中学より規模は大きくなったものの、古くさくて、窓から入り込む砂埃《すなぼこり》で机がザリザリになるような学校だった。偏差値？　俺らみたいなのが三人揃って合格できるようなところです。そのへんにある共学の高校を想像してもらえれば、まぁおおむね合っていると思う。

俺がどんな高校生になったかというと、相変わらず妄想もするし、変なところでカッコつけたがるところは相変わらずで……正直いえば中身の成長はあまり見られなかった。

とはいえ、高校生になれば様々な点で「できること」が増えてくるし、度胸もついてくる。学校の別棟に秘密基地を作ったり、無謀な小旅行を強行したり、バイトをすれば高い買い物もできる。その頃はちょうどインターネットが流行り出した頃で（電話回線でピーガガガ、という時代だったけど）、新しい刺激に興味津々だった。

簡単に言えば、時間と体力が有り余っていた。それとなく現実が見え始めてはいたけれど、まだまだ遊びたい盛りだったのだ。世に言うモラトリアムというやつ。三人とも悲しいくらい女っ気がなかったので、進んで馬鹿をやっていた（だから女が寄りつかなかったのかもしれない）。

旅行ができて金も稼げて休み時間には海で遊べる、これって最高じゃん？　そんな軽いノリで、俺たちは小さな漁村に来ていた。渡船業兼、釣り宿をしている俺のばあちゃんの家で、夏休みの一ヶ月間住み込みでバイトをさせてもらうことになったのだ。

朝と夕方に手伝ってもらうだけだから、なんて甘い言葉で誘われて行ってみたは良いものの、実際に待っていたのはとんでもない激務だった。いや、確かに言葉に嘘はない。実際仕事は朝と夕方にしかなかった。ただ、その朝というのは日の出前の午前三時だったのだ。

起きて軽い食事をとると、船へ積み荷を運ぶ。そして仮眠をとったあと、夕方に釣り人を迎えに行く。その作業だけでも結構大変だというのに、マナーの悪い釣り人から精神攻撃まで喰らい、俺たちは一日目ですでに心身ともに困憊《こんぱい》していた。

「俺……死ぬかも」

日焼けで真っ赤になった首筋に氷を当て、敷いたばかりの布団に突っ伏してイタクラがつぶやく。

バタバタとうちわを扇ぎながら、俺は激しく同意した。時刻は午後八時。普段だったらまだまだ騒いでいる時間帯だが、明日のことを考えるともう寝てしまいたい気分だった。

「ああ……疲れたな」

「つか、金安すぎじゃね？　これで日給五千円ってどうなの？」

「実質労働時間考えれば破格だけどなー……こんなにきついとは思わなかった」

ちなみにモリ君はすでに眠っていた。宵《よい》っ張りな印象があるが、その実モリ君の生活は非常に、いや異常に規則正しい。「真のオタクの朝は早いものだ」とドヤ顔で言っていたが、意味がわからなかった。

「破格……だと？」

俺の言葉に、イタクラがゆっくりとこちらを向く。

「なんだかんだ、俺ら六時間も働いてんじゃん。六時間。それなのに五千円。これ如何に」

「いや、六時間で五千円って高い方だろ？　しかも三食昼寝に寝床付き。確かに激務だけどさ、旅行に来て金稼げるなら良い方じゃん」

「でも釣り人の荷物重すぎ。なんなの？　奴らは金塊《きんかい》でも掘りに行ってるの？　なんであんなに荷物重いの？　バカなの？」

「バカはお前だよ」

「昼間は海で女子ナンパして一夏の甘いアバンチュールを楽しむはずだったはずなのに……どうしてこうなった」

「ほんとうにきみはばかだなぁ」

俺が不毛なやりとりに飽きて、それでも脳内で時給計算をしていると、ぼそりと、本当に「こいつこんな低音出せたの？」ってくらい低い声で
「ストライキ……」

そう、イタクラは言った。

「……イタクラさん？」

「そうだ……ストライキだ……我々は労働条件の改善を要求する！」

ガバリと起きあがった拍子に、首に乗せていた氷が音を立てて落ちる。あー、シーツが濡れちまった。

「いやいやいや、勝手に我々とか……」

「モリ！　起きろ!!　ストライキするぞー!!!」

こうなったイタクラはもう止められない。奴は立ち上がり、眠るモリ君を蹴り飛ばした。本当に迷惑な奴だ。そして嫌な予感……がする前に、それは起きた。

「……」

「おお、モリ、起きたか。良いか、俺たちは今かっ!?」

むくりと起きあがったモリ君に近づいていったイタクラが、中途半端なところで言葉を切る。モリ君の拳《こぶし》が、電光石火の速さでイタクラに見事なボディーアッパーを決めたのだ。まるで漫画のように、ゆっくりとイタクラの体が布団へと崩れ落ちていく。

「寝ろ」

モリ君はそれだけ言うと、再び横になった。

「……モリさん、お疲れっした」

「おう」

俺がぺこりと頭を下げると、半分眠った声が返ってくる。なんだかとっても男前に聞こえるわ。

「イタクラー、生きてるかー？」

モリ君が完全に寝入ったのを見届けてから、腹を抱え込んでうずくまるイタクラの背をなでてやる。

「川が……リバーが見える……」

「落ち着け、ここは海だ」

「おなか痛い……」

「大丈夫、寝たら治るから。とっとと寝てしまえ。な？」

「うん……」

まるで子供のように愚図《ぐず》るイタクラをなだめあやし、眠りにつかせた。俺たちの中に、この出来事は「モリの乱　夏の陣」として記憶された。俺はモリ君だけは怒らせていけない、と再認識した。

……せざるを得なかった。

　翌朝以降も、重い荷物を運ぶ重労働と、釣り人の心ない言葉に傷つきながらの作業が続いた。しかし男子高校生の体力と順応性をなめてはいけない。五日も経てば俺らはちゃっかりコツを掴み、昼間に近くの海水浴場へと遊びに行くようになっていた。

　イタクラは意気揚々とナンパに繰り出しては、結局声をかけられずにモジモジし、モリ君は高校に入ってからハマりだしたカメラをぶら下げてふらふらしていた。……言うまでもないが、被写体は水着のギャルたちである。明らかにイタクラから悪影響を受けているとしか思えなかった。

　さて、俺はと言うと。

（ああ、ここにサトミがいたらなぁ……）

　一人岩場で、海を眺めながら妄想に浸っていた。そう、俺はまだサトミのことが好きだったんだ。

　中学のときはもちろん、高校に入ってからもなかなか好きな子はできなかった。いまだにサトミだけだったんだ。ついでに、まだサトミが好きな俺、かっこいいとか思っていた。

　でも実際、サトミ以外考えられなかったんだよね。

海できゃっきゃうふふする妄想をしても、夜の砂浜で語り合う妄想をしても、隣にいる女の子はサトミだった。ちょっと病気っぽいよね。いいんだよ、恋の病《やまい》っていうくらいなんだから。……自分でフォローしても悲しいだけだな。

一人でにやけたり真顔になったり百面相をしていると、時々八つ当たりのようにイタクラが海に突き落としてきたので、よく喧嘩をした。モリ君は我関せず、「防水カメラにすれば良かった……」なんてうなだれていた。

ある日のことだ。俺たちは少し沖の方まで出て、シュノーケルで潜りながら魚を捕って遊んでいた。周りはゴムボートに乗りいちゃいちゃするカップルだらけだった。ちっ、ここは盛り場か。

「くそっ、ムカつく……！」

「そのまま沖に流されてライフセーバーに説教されればいいのに……」

とか言いながら、男子高校生の体はショウジキなので……まぁお察しください。

そんな下世話な覗きをしながら、俺もサトミと二人でゴムボートに乗っていちゃいちゃしたい、と妄想にふける。正直ムカつくというより羨《うらや》ましかった。俺がなれないリア充なんて爆発すればいいのに。

時々、女の子だけが乗ったゴムボートも見かけた。見つける度に俺は「あれに乗っているのがサトミで、偶然の再会を……」と期待しつつ、現実はそんなに甘くないことも知っていた。一応顔を確認し、違うことがわかると離れて違うところで泳いだ。

「あれ、進まないよー？」

「やだー、何これー」

少し離れたところで、女の子の声が聞こえた。声のする方を見ると、女子二人が乗ったゴムボートが同じ場所でぐるぐると回っていた。へったくそだなーと思いながら、ふとイタクラを見てみると

「……おい、誰だお前」

「イタクラ君、ゴルゴみたいな顔になってるよ」

見たこともないくらい、鋭い表情をしていた。獲物を見つけた狩人《かりうど》の顔だった。

「お前ら、行くぞ」

短くそう言うと、イタクラは全力でクロールをし始めた。異常に早い。俺とモリ君は慌ててその後を追った。

「大丈夫ですか!?」

ゴムボートにたどり着いたイタクラは、キリリとした顔で声をかける。女子二人が「まっすぐこげなーい」「浜に帰りたいんですよー」と答えると、イタクラは俺らを振り返り、

「おい！　押すぞ！」

いつになく真剣な面もちだった。マジかよ。

半強制的に、巻き込まれる形で俺とモリ君はゴムボートを押すことになった。

乗っていたのは同じくらいの年の女の子たちだった。片方はそこそこ細身の普通の子で、もう一人は……アメリカ映画でテレビを見ながらピザとコーラをかっ食らってる人みたいな体型だった。女の子にストレートな言葉を使うのはかわいそうなのでオブラートに包んでみました。

「すみません、ありがとうございます」

普通の子が申し訳なさそうに言うと、イタクラが笑顔で「いえいえ、当然のことです」と返す。しかしアメリカ映画で（中略）ピザ（後略）の方は
「押すのが遅い」

と文句を垂れてきたので、お前が重いせいだよと言いたくなった。じゃあお前も降りて押せよ。

何とか砂浜にたどり着くと、普通の子がしきりにお礼を言った後、うれしい申し出をしてくれる。

「友達と来てるんだけど、一緒にスイカ食べない？」

「喜んで!!」

俺とモリ君の了承も得ず、イタクラが即答する。いや、断る理由なんてないからいいんだけどね。モリ君もうれしそうだし。

「あはは、君、おもしろいねー。ねえ、名前教えてよ。私ミユキっていいマス」

軽く自己紹介を交わし、他の女の子のところへと歩いて行く。正直俺は興味がなかったのだけれど、行きすがらドキドキしていたのは事実だった。そう、お得意の妄想が炸裂していたのだ。

ミユキのグループの一人が、サトミだったら……！

まあ、もちろんいませんでしたけどね。

女の子は全部で四人。思った通りみんな高校生で、近くの民宿でバイトをしているらしい。昼間は仕事が少ないため、交代制で遊びに出ているようだった。

イタクラははしゃぎまくり、そして何故かモリ君がモテモテだった。確かにモリ君は普段つけてい

る野暮ったい眼鏡を外すと、イケメンといえなくもなかった。そして最近海で遊んでいるため、生っ白かった肌は適度に焼け、さらに重労働の末ついた筋肉が妙に男らしい。

「写真撮らない？」

まあ、中身は変態なんですけどね。いつの間に持ってきたのか、カメラを片手にモリ君は執拗《しつよう》に女子に迫っていた。

「高校どこなの？　彼氏とかいんのー？　まあいても関係ないけどね！」

対して、イタクラのはしゃぎ方は若干空回り気味で、見ていてちょっとかわいそうになってくるほどだった。

「フクダ君は二人と付き合い長いの？」

「イタクラとは小学校から一緒。……あ、悪い。そろそろ仕事の時間だから帰るわ」

俺は、と言うと、カッコつけて話をしていた。ええ、「お前らなんかに興味ありませんよ」とでも言いたげにね！　イタクラよりよっぽど痛々しいよ俺!!

自転車をこぎながら、まったくモテなかったイタクラはかなりへこたれていた。普段からエロいことばかり考えている奴だが、実際に女の子を前にするとまともに行動できず、空回ることが多かった。こういうところは類は友を呼ぶというか……。俺ら二人して本当ヘタレだよな、本当。

「イタクラ君はどうして元気がないの？」

丸められたイタクラの背中を見ながら、モリ君はさらりと疑問を口にする。まあ、女の子に囲まれてうはうはだったあなたにはわからない落ち込みですよね。

「うるせー！　盗撮野郎が偉そうに!!」

イタクラはリアルに涙声だった。うわあ、かっこわるい。

「……そんな口を利いて良いの？」

「どういう意味だよ」

「あの子たちに、夜一緒に花火しないかって誘われてるんだけど」

「……モリさんと、お呼びしても良いでしょうか」

「様でも良いよ」

「モリ様ぁぁぁぁぁ!!!」

イタクラの元気が復活する。ああ、放っておけばしばらく静かだったろうに……。というか
「イタクラよ、お前はそれでいいのか……」

「いいんだよ健全な男子高校生はこうあるべきなんだよ！　どうせお前は『あの中にイシハラがいたら良かったのに〜』とか思ってたんだろうけど！」

「え」

イタクラの言葉に、どきりとした。固まった俺に気づいたのか、二人が呆れた顔で俺を見る。

「……その顔、図星だろ」

「みたいだね」

「……だってよー……」

バレバレだったようだ。だてに付き合いが長いわけではない。

「つたくよ、会えるかどうかわかんねーイシハラより、今目の前にいる女の子たちと楽しく遊ぼうとか考えられないわけ？」

「……無理」

「はは、妙な間が空いたね」

「即答されてもひくけどなー」

まあ、好きにすりゃいいんじゃないの？　そんな生ぬるい空気がありがたかった。自分でも異常な執着だとは思っているさ。

「まあ、花火には来てもらうからな。さすがに向こう四人でこっち二人はねーよ」

「僕はそれでもかまわないけど」

「おい調子に乗るなモリ」

「ほう、そんな口を以下略」

「以下略って口で言ったよこの人！」

そんな馬鹿笑いをしている間に、ばあちゃんの家に着いていた。


そしてその夜。

「いただけない」

「いや、俺らがバカなだけだと思う」

俺とイタクラは、なぜかずぶ濡れで自転車に乗っていた。

「違う。バカはお前だけだ。なんで花火に来てまで一人で黄昏《たそがれ》てんの？　もう夜なんですけど？」

「るせー。だってモリ君は一人でもってもてだし、お前はバカ騒ぎしてるし、俺どうすりゃ良かったんだよ。カッコつけんの疲れるんだもん。一人でいたらもしかしたら誰か来てくれるかもしれないじゃん」

「注目されたいって下心見え見えなんだよ。あの人は何なのって聞かれちまったじゃねーか」

「えっ、なんて答えた」

「軽い病気だから気にすんなっていったら、ああ、ちゅうにってやつ？　だって」

「おいお前」

「事実だろ？　残念だったな、様子を見に来たのが俺で」

「心の底から残念だよ。また突き落とされるし」

つまるところ、そういうことである。海に落とされた俺は、イタクラを巻き添えにしたのだ。そしてモリ君は一人楽しく女子と戯《たわむ》れているわけである。解《げ》せぬ。

「お前がいつまでも一人でイジイジしてんのが悪ぃんだろ。今更なんだからため込んでねーで俺らに吐き出せ、このバカ」

ふっとかけられたこの言葉に、俺はふん、と鼻を鳴らした。もちろん、照れ隠しだ。本当はとてもうれしかったんだ。

宿に戻って着替え、出直すか、という段になったとき。

「……つっても、今帰っても待ってるのはモリハーレムか……」

「なんかバカらしいな」

「そうだな、つかなんであいつは眼鏡外したまま花火に行ったの？　女の子の顔見えてるの？」

「ファインダー越しなら見えるんじゃね？」

「その手があったか」

ふつふつとモリ君に対する怒り（妬《ねた》みとも言う）が湧いてくると、俺たちは……壊れた。

「おい、フクダよ」

「言うな。……わかっている」

顔を見合わせると、宿の倉庫からでかい水鉄砲を二丁引っ張り出し、そのタンクの中にめいっぱいの……サイダーを流し込んだ。かけられたらべったべたで不快感この上ないはずだ。そしてタオルで顔の下半分を覆った。

なんちゃってギャングの完成である。

「つしゃあ！　突撃するぞ!!　準備は良いか!?」

「OKであります、少佐!!」

「良いか、これはただの暴力ではない、我々の権利のための、いわば聖戦だ!!」

「アイサー!!」

俺たちは、バーサーカーと化した。

意味のわからない言葉を叫びながら、水鉄砲を抱えて全速力で浜辺へと向かう。最高にハイな気分だった。これ以上なく楽しい気分だった。

しかし、その気持ちは一気に覚めた。何故なら……

何故なら、浜辺にサトミがいたからだ。


「あ、フクダ君、イタクラ君。久しぶりだね」

一瞬、何が起きたのか理解できなかった。

「えー何それ。水鉄砲？」

「え、ああ、」

「なんかしゅわしゅわしてるんだけど！　何入れたの？」

サトミは、すごく綺麗になっていた。俺の記憶の中の、妄想の中の「中学生のサトミ」とはレベルが違う。隣でイタクラが楽しそうに話をしているのが夢みたいだった。

俺はしばらく、妄想のしすぎで本当に頭がイかれてしまったのかとさえ思った。実はサトミにちょっと似ているだけの別人で、俺の脳内で変なフィルターがかかっているだけなのかとか、いろいろ考えたけれど。

でも、その人はサトミだった。

間違いなく、サトミだったんだよ――。


興奮ならぬ困惑冷め切らぬまま、サトミたちと別れた後、俺は帰りの道ばたで吐いた。たぶん、衝撃が強すぎたんだと思う。

「大丈夫？」

モリ君が背中をさすりながら心配してくれる。弟も緊張すると吐く奴だったから、たぶん家系なんだと思う。

「しかし、マジでイシハラだったな」

「うん……きれいになってた。最初誰かと思った」

モリ君の話によると、サトミもあの女の子たちと一緒に民宿でバイトをしており、今日は昼間の当番だったため海には来ていなかったそうだ。花火にも、宿の手伝いをしていて遅れてしまったらしい。

その話を聞き流しながら、俺はサトミの笑顔を思い返していた。髪が伸びて、少しやせたように見えた。わりとぽちゃっとしていたのに。いや、Tシャツの袖とスカートから伸びた手足はちょっと太めだったけど。

「おい、ゲロフクダ」

自転車を押しながら歩いていると、イタクラがまじめな声で不真面目なことを言う。

「変な名前で呼ぶな」

「わかっていると思うが、お前には今、人生最大と言って良いほどのチャンスが到来している」

「ゲロダ君、チャンスだよ、マジで」

モリ君まで謎の名前に乗り始めた。もう本当にやめてほしい。微妙に略されてるし。

「ゲロ!!」

「もはや名前ですらない!?」

がしゃんと自転車を倒し、イタクラが俺の両肩をつかむ。結構強い力だ。グンと揺すられると、思わず鑪《たたら》を踏む。

「絶対に行けよ!!」

主語も指示語もないそのシンプルな言葉で、イタクラが何を言いたいかわかってしまう。緊張でゴクリと喉が鳴った。

正直自分でも気持ち悪いと思うが、まだ持っていたんだ。あのときのラブレターを。肌身放さず、こんな旅先でも。いつ再会しても、良いように。

しわの寄った飾り気のないこの封筒が、サトミへの俺の気持ちそのものだったんだ。

……なんて。

かっこいいことを言ってはみたものの、状況が飲み込めた俺は……非常に、大変、著《いちじる》しく、恥ずかしいほど……浮かれていた。

考えてみてほしい。片思いしていた女の子が突然引っ越して、もう二度と会えないとわかりながらもずっと想い続け、二年越しに再会。さらに向こうの態度はかなり友好的、かつ明日も遊ぶ約束を取り付けた……！　これに舞い上がらない男、否《いな》、女もだ。舞い上がらない奴がいたらお目にかかりたいものだ!!

「そもそも前提として、そこまで粘着質に一人を想い続けている奴がそうそういねーと思うけど？」

寝起きの不機嫌なテンションでイタクラが言う。時刻は午前三時。仕事が始まるまでまだ一時間ほどある。昨夜は花火で帰りが遅くなったため、普段よりも睡眠時間が短く、十分、いや五分でも長く眠りたい。そんな朝だというのに、俺の目はギンギンに覚めていた。一応これでも、目が覚めてすぐに彼らを起こそうとはしなかった、と言い訳をしておく。俺が目覚めたのはさらに三十分以上前だ。早朝よりも深夜と呼べる時間に目を覚まし、二人を起こさないように窓を開け、世界のすばらしさを実感していた。

だって、出会えたのだ。大げさではない、これは運命に近いものがある……！

と、朝っぱらから異常なテンションで一人盛り上がり、辛抱たまらず二人を叩き起こした。このすばらしき世界を共有してほしい、とは今思えば大変はた迷惑な話ではある。

その日、俺はいつも以上に張り切って仕事に取り組んだ。張り切りすぎて海に落ち、散々馬鹿にされたがまったく頭に来ない。ラブイズオール。恋はすべての感情を凌駕する！

「フクダ君、ちょっと落ち着いたら？」

「何が？」

朝の仕事を終え、早々に水着に着替えた俺に、モリ君は冷静な声をかけてきた。

「いや、なんかプールが楽しみすぎて服の下に水着着て来ちゃった小学生みたいな感じだから」

「モリ、ナイスたとえ。まさにそれだな。パンツは持ったか？」

「海に行くのにパンツはいらねーだろ」

「慌てても良いことないよ。ビークールビークール。落ち着け、クールになるんだ、フクダ」

「慌ててなんかないし！」

「まあ、気持ちはわからなくもないけどね」

僕らまだ支度できてないから、もうちょっと待ってよ。モリ君にそう言われ、俺は宿の玄関に座り込み落ち着くようつとめた。そうだ、クールになるんだフクダ。あんまり浮かれて、サトミに「キモい」とか思われたら元も子もないだろう！

しかし脳内でとはいえ「サトミ」という存在を意識したことで、逆に俺は焦りはじめた。そうだよ、何俺浮かれてるんだよ……向こうは普通だったじゃん。つまり……サトミは俺のこと……まったく意識していないということで……。

そのうえ昨夜はテンパりすぎて、俺はまともにしゃべれていた気がしない。イタクラやモリ君は普通にしゃべっていたというのに。これは……俺終了のお知らせ……？

二人がやってくる頃には、俺のテンションはどん底にまで落ちていた。飛んでいた鳥が落ちてきたくらいの勢いで。

「お待たせ……って、フクダ君、どうしたの？」

「オレ、ウミ、イカナイ」

「なんで片言なの」

「俺らが支度してる間にお前の中で何が起きたの？」

昨夜のイタクラの言葉を思い出し、ぐずぐずと思っていたことを話す。これこれこういうことで、行きたくないです。まるで保育士にピーマンが食べられない理由を切々《せつせつ》と語る幼児のようだな、と頭のどこかで思った。

「んだよ、そんなことか」

「くだらない」

俺の切実な思いは、しかしびっくりするほどあっさりばっさり切り捨てられた。一瞬でもお前たちの友情にすがった俺が馬鹿だったの？　と疑いたくなるほどに。

結局、俺は半ば引きずられるようにして海へと連れて行かれたのである。

海には、まだサトミたちは来ていなかった。もしかしてすでにキモがられていて、来るのをやめたとかだったらどうしよう等々、俺のマイナス方面の妄想は尽きず、ぎゃあぎゃあ騒ぐ度に海に突き落とされていた。

そして、彼女たちはやってきた。俺（ら）に手を振りながら。

数人のグループだというのに、俺の目は真っ先にサトミをとらえる。

「……っ」

「な、来て良かっただろ？」

ぽん、と俺の肩にイタクラの手が置かれた。まさに、だ。

サトミはビキニを着ていた。ワインレッドを基調にしたそれは色白の彼女の肌をより際立たせ、大きな花柄が大人っぽさを演出していた。あと、胸が意外とある。水着にちょこっと乗ったお腹の肉がたまらなく色っぽかった。つまり総合すると、とても、いやとてつもなく、似合っていた。思わず喉がゴクリと鳴るくらい、俺はサトミの水着に見入っていた。

「写真……」

まだ彼女たちに話し声が聞こえない距離なのを良いことに、俺はモリ君を見て、ある願いを口にする。

「イシハラの水着姿……写真を……頼む……！」

「……汝《なんじ》が願い、聞き入れた」

モリ君の顔が、仕事モードになった。

実際遊び始めると、俺はなかなかサトミと話すことができなかった。何故かミユキ（先日ゴムボートに乗っていた普通の子）にばかり話しかけられる。もどかしい思いでちらちらとサトミを見るが、彼女はモリやイタクラたちとわいわい楽しそうだ。お前ら羨ましすぎるだろう。そこ代われ……！

と思っていたのが伝わったのかどうかわからないが、ことあるごとに俺は二人に小突かれていた。言わなくてもわかっているさ、マイフレンド……でも勇気が出ないんです。ヘタレでごめん。

などとまごまごしているうちに、仕事の時間になってしまい、俺たちは海をあとにした。二人の前ではカッコつけることなく「ごめん、マジヘタレでごめん」と平謝りする。何も言わず、ぽんぽんと背中を叩かれると逆に申し訳ない気持ちでいっぱいになってきた。本当ごめん……。せめてもの報《むく》いにお二方より働かせていただきます。

釣り人の自慢話を引き受けながらその日の重労働を終えると、まじめに働いた俺に神様、というかイタクラ様がご褒美をくれなすった。

「フクダフクダ。これやる」

「へ？」

仕事後、イタクラが差し出してきたのは女物の小銭入れだった。

「何これ」

「財布」

「いや、それは見ればわかるけど」

「イシハラの」

「は？」

あまりの動揺に財布を取り落としそうになった。何故ここにイシハラの財布がどうしてあるんだ？

「くすねた」

イタクラの顔は、大変良い笑顔でした。

「はあああああ!?」

「オマワリサンコッチコッチー、コノヒトデスー」

わざとらしいを通り越して一芸に近いほどの棒読みで、モリ君がはやし立てる。が、モリ君はあちら側の人間らしい。手元は二人揃って親指立ててやがった。イタクラグッジョブ。そんな声が聞こえた気がする。

「ヘタレなお前にきっかけをやろう！　これ、イシハラに返して来い!!」

「てか盗むなよ！　きっかけをくれるのはうれしいけどこれ犯罪だぞ!?」

「じゃあ俺が犯罪者になる前に、それ返して来いよ」

「訴えられるまでが勝負だよ」

なんなのこの人たち！　ちょっと泣きそうになりながら（いろんな意味で）、俺は慌ててサトミたちのいる民宿に電話をかけた。ちなみに、この頃は都市部ではどうか知らんが、俺たちの地方では携帯の普及率がまだまだ低かった。みんな欲しいとは思っていたが、なかなか許されない時代だったのだ。

俺はこっそり深呼吸をして、サトミを呼んでもらう。突然電話なんかして驚かれるだろうな、それよりキモがられたら以下略。

『もしもし？』

保留音が途絶え、サトミのちょっと不審そうな声が聞こえた。あ、だめだオワタ。

「えと、フクダです。仕事中にごめん」

できるだけ丁寧に名乗る。不審者じゃないよ、ちょっと罪悪感を抱えているだけで。

『あ、フクダ君？　どうしたの？』

かちりとスイッチを入れ替えたのか、というくらい、急にサトミのテンションが上がった。良かった、ちょっとだけ気が楽になる。

「いや、なんかイタクラがー、その、イシハラの財布を間違えて持って帰っちまったらしくて……」

正直この嘘は無理がある。無理があるが、窃盗をごまかす嘘などそううまくは浮かんでこない。なんで女物の財布と自分のものを間違えるのか、なんでサトミのものだとわかったのか。つっこみ始めたらきりがない。

だがしかし。

『そうだったんだ！　良かったー、なくしたと思ってたんだよね、ありがとうー！』

ああ、本当、サトミが天然で良かった。

全力で否定するが、サトミは別に頭が悪いわけではないぞ、決して。むしろ成績は良い方だった。ちょっと抜けてるだけなんだ。

受話器とは逆側から、イタクラがぼそりとつぶやく。

「今から届けに行け」

ドキリ、と心臓が高鳴る。動揺がサトミに伝わらないよう、わからないように一呼吸、おく。

「あの、さ、……今、仕事……忙しいよな？　夕飯どきだし……」

ごす、と背中を小突かれた。わかってる、どうしてそういうネガティブな聞き方するんだって話ですよね！

『ううん、私の仕事はもうおしまいだから、暇なくらいだよー』

明るいサトミの声。胸の高鳴りが最高潮に達する。

「じゃ、……じゃあさ、俺、今から持って行くよ……」

言った。言ってやった。内心で気の早いガッツポーズ！

『え？　別に明日でも良いよ？』

そしてカウンターパンチ。クリティカルヒットだった。脳内で俺のライフゲージがぎゅいーんと赤いところまで下がった。瀕死《ひんし》のアラームが鳴り響く。

「良いから行け‼」

小声で叫ぶ、という器用なイタクラの声で、俺は正気に戻る。起死回生の一撃！　というには弱っちすぎるけれど、俺は勇気を振り絞って言葉を続けた。

「いや、俺も仕事終わって暇なんだ。……その、散歩がてら持って行こうかな、って……」

会いたいし、とは言えなかったけれど、俺史上最高に勇気を振り絞った瞬間だったんだ。

『ホント？　ありがとう。こっちまで来てもらうの申し訳ないから、私もそっちの方に向かうね。待ち合わせはいつもの砂浜のところで良い？』

いよっしゃあああああああああああ!!!!

イタクラたちに向けて、ぐっと親指を立てる。二人はにやぁと悪い顔になった。電話を切ると、背中を思いっきりバチバチ叩かれるが全然痛くない。すでに足がそわそわと足踏みをしていたのが恥ずかしかった。

「待ち合わせ、って、良い響きだな……！」

「マジでドキドキで壊れそうだな」

「張り切って早く着きすぎないようにね」

「俺、チャリ出してくる」

「フクダェ……」

夕暮れの町を自転車で駆け抜ける。もうずいぶん見慣れた町並みだけど、そのときはいつもより美しく見えた。世界って美しい、なんて歯が浮くようなことを考える。

自転車の後ろにサトミが乗っていたら最高なのに、なんて妄想が浮かばないくらい、俺のテンションはマックスだった。だって、これからサトミと会うのだ。しかも二人きりで！　これ以上のことがあるだろうか、いやない。

ちなみに、出がけに俺を尾行しようとした親友たちは置いてきた。物陰から見守ると言って聞かなかったが、なんとか説き伏せて事後報告で許してもらうことにしたのだ。まさか二人に対して土下座する日がくるとは、思ってもみなかったよ。

いつも遊び場にしている砂浜が見えてきた。人は疎《まば》らで、沈みかけの太陽が海を真っ赤に染め上げていたのをよく覚えている。素直に、綺麗だなと思った。

道に目を戻すと、遠くにサトミの姿が見えた。向こうも気がついたらしく、ぱっと笑って手を振ってくれる。

きゅう、と胸が締め付けられた。くそ、かわいいな……！

「わざわざごめんね」

最後の方は小走りだったサトミの息は、少しだけ上がっていた。胸に手を当てて、ふう、と息を吐き出す。動作がいちいちかわいい。やたらきらきらして見えるのは、このでっかい夕日のせいなのだろうか。

「いや、どうせ散歩のついでだし。……チャリだけど」

「あはは。サイクリングの方があってるのかなー、この場合。待たせちゃった？」

ぽんぽんとつながる会話。良かった、普通にしゃべれた。俺はなんとなく、あの夏の日の電車を思い出していた。

「いや、今来たとこ。それに」

くい、と俺は夕日を顎《あご》で指す。

「きれいだろ……？　この夕日が見たかったんだよ」

どうして俺はこういうときに空回って変なことを言ってしまうのだろうか。締めたい、締めてやりたい。

案の定、サトミの反応は薄かった。「ふーん」とか言われた。もうやだ帰りたい。

「あ、これ、財布。イタクラがマジごめんって言ってた」

気まずくなって、目をそらしたまま財布を差し出す。

「ありがとう。気にしなくていいよーって言っておいて」

ああ、もうその笑顔……マジで女神か。

「そうだ、なんか飲む？　持ってきてもらっちゃったし、奢るよ」

「え、良いよ。大丈夫だって」

「いいからいいから。喉渇いたでしょ？」

そう言って、サトミはトコトコと自販機へ向かい、そして……財布を開いたところで動きが止まった。

「どうした……？」

「あー、しまったー」

そっと覗き込むと、サトミはぺちっと自分の額を叩いた。おっさんみたいなベタなリアクションがやたら似合う。おっさんくさいと言っているのではない。断じて違う。

「ごめん……そういえば小銭全部使ってたんだった……。だからなくなっても気づかなかったんだ」

恥ずかしそうに見上げてくる顔が最高にかわいい。俺の女神様は大変なドジっこなのだ。

俺は笑いながら自分の財布を出し、自販機に小銭を投入した。

「どうぞ?」

恭《うやうや》しくボタンを指し示すと、サトミはぶんぶんと首と手を振る。真っ赤に染まった頬は、俺の仕草によるものだと勘違いしてもバチは当たらないはずだ。

「悪いよー。持ってきてもらった上に、そんな……」

「良いって。そもそも悪いのはイタクラだし」

実際そうですしね。確信犯なのでさらにたちが悪いです。

しばらく「うー」とか「んー」とか悩んだ末、サトミは申し訳なさそうに、しかし笑いながら
「じゃあ、明日遊ぶとき、喉が渇いたら言ってね。そのときは私が出すよ」

ぽち、とボタンを押した。オレンジジュース。チョイスもかわいい。

俺もジュースを買い、二人で防波堤に並んで座った。隙間は、半人分。勇気を出せば手が触れる距離だ。

俺の妄想のワンシーンが、現実のものとなった。夕暮れの海辺で、サトミと二人きり……。俺は、舞い上がっていた。ちらちらとサトミの横顔を見ていると、ぱち、と目があった。ドクンと胸が鳴る。

「あのね、」

ふと目をそらして、言いにくそうにサトミは言葉を紡《つむ》ぐ。

「フクダ君、怒ってる……?」

「へ?」

「私が……黙って引っ越したこと」

気のせいかもしれないけど、サトミはちょっと泣きそうになっていた。

「怒っては、ないよ。びっくりはしたけど」

俺がそう返すと、サトミは肩の力が抜けたのか、ほっとした顔になる。そして、あーとおっさん臭い声を上げながら、あの日――シャー芯を切らした、あの春の日――と同じように、頭を抱えた。

「良かった……！　昨日フクダ君と会ってから、全然話してくれないから……怒ってるのかと思ってた！　本当に良かった……！」

俺はサトミが見ていないのを良いことに、はは、と苦笑を浮かべる。違います。それは俺がチキンだっただけです。

「大丈夫だよ。そりゃ、ちょっと怒ってたときもあるけど、もう忘れたよ」

嘘ばっかりだった。怒っていないし、一日たりとも、忘れた日はない。

「あ、やっぱり怒ってたんだ……。でも、忘れたってわりには全然しゃべってくれなかったじゃん。すっごくハラハラしてたんだよー」

「そうだっけ？　あんま意識してなかったけど」

すみません、意識しすぎて話せなかったんです。

それから、俺たちは再会して初めて、しっかりと話をした。サトミが引っ越してからの話。悩んだ末に女子校に行ったこと。俺らが高校の使われていない教室を秘密基地にしたこと。

「さすがにコンロ持ち込んですき焼きしてたら、先生にバレて怒られた」

「当たり前だよ！　すごいなぁ、うちじゃ考えられない」

　気がつくと、日はすでに沈みきりあたりは真っ暗になっていた。ちょっとしゃべりすぎたかな、と考えていると、ふとサトミの視線があらぬ方へと向く。俺は不思議に思って、その視線の先を見るが、何も見えない。

「どうしたの？」

「カニだ」

「ん？」

　サトミが指をさした先。よくよく見てみると、確かに何かが動いていた。夜目はそれほど利く方ではないので、いまいちよくは見えなかったのだけど。

「ふふ〜、カニだ、カニ♪」

　空き缶を側に置き、サトミがそっとそれに近づいていく。その様子を見ていると、目標の前でしゃがみ込んだサトミが突然「きゃっ！」と叫び、飛び上がった。

「どうした？」

「ゴキブリだった！」

　俺は大笑いした。それでもサトミはめげずに、また別の動く物体へと近づいていく。

「あれはカニかな？」

「いや、あれも……」

　気づいた俺が言い切る前に、サトミはすでに接近ずみ。そして

「ひゃっ、これもゴキブリだった〜」

俺は腹を抱えて笑った。海水浴場はゴキブリが多いのだ。つか、どんだけカニなの！　必死にカニを探すサトミが、かわいくてかわいくて仕方がなかった。

そっと時計を見ると、八時を回っていた。そろそろ帰らなくてはいけない。

見なかったことにしたかった。まだ、サトミと一緒にいたかった。もっと話がしたい。やっとあの文化祭のときのように打ち解けることができたのに……。

サトミは楽しそうに笑っている。ＢＧＭのように、山からは虫の鳴き声、海からはさざ波の音が流れていた。ステージはきらきら光る砂浜に、満点の星空。この美しい舞台を、ずっと見ていたかった。俺も出演者の一人になって。

その手を取りたかった。この時間を永遠のものにしたかった。


俺はサトミを民宿まで送っていくと、のたくたと自転車を走らせて宿まで戻った。イタクラとモリ君は部屋でテレビを見ていた。

「おう、お帰り色男」

「報告を聞こうじゃないか」

早速、俺の報告会となった。

何度か「もっとｋｗｓｋ」とはやし立てられながら話し終わると、とたん俺は布団で包み込まれ、殴る蹴るの暴行を受けた。くぐもってよく聞こえなかったけれど、たぶん「爆発しろ」とか言われていた気がする。俺は始終笑っていた。かなりご機嫌だったのだ。

それからは毎日が輝いて見えたね。恐縮だが何度だって言わせてもらう。世界は美しい。俺の人生の幸運という奴をすべて使い切ったかのような、夢のような日々だった。サトミと普通に話せるようになったし、冗談も言えるようになった。厨二という名の障壁がはずれたことで、他の女の子たちとも話すようになった。向こうからしたら「頭でも打ったの？」って変わりようだったと思う。

イタクラもずいぶん慣れてきたようで、徐々に女の子たちからの人気を獲得し始めた。空回りさえしなければ元々おもしろい奴だし、細身で筋肉質な体つきなので黙っていればわりとかっこいい（黙っていれば、だが）。

まあ、モリ君の人気っぷりには敵いませんけどね。あれはどういうマジックなのだろうか。

「なあ、ボート乗らない？」

俺はなけなしの勇気を振り絞り、サトミをボートに誘った。サトミは一瞬きょとんとしてみせてから、ぱっと笑う（俺はこの瞬間が大好きだ）。

「怖くない？」

「俺の前世は渡来人だったんだぜ？　だから大丈夫」

「そうなんだ？　じゃあ、よろしくお願いします」

くすくす笑いながら、二人向かい合ってボートに乗る。妄想では何度もしたシチュエーションだったが、リアルはやっぱりすごい。まずサトミの水着姿を真正面に見るってだけでもうたまらない。直視できないくらいだった。目に焼き付けたいくらいなのに！

バランスを取るためか、サトミの足は開き気味だった。つい、目がそこにいく。そこに顔をつっこんじゃう的なラッキースケベは現実に起こりえないのだろうか。いやそれよりおっぱいだおっぱい。めっちゃ柔らかそう。絶対すべすべしてる。ムニムニしてむしゃむしゃできたらもう俺死んでもいい。おっぱいたまらん。おっぱいにはロマンが詰まっているんだ。

必死にこいでいるフリをしながら、俺の脳内は煩悩炸裂《ぼんのうさくれつ》だった。男の子だもん、仕方ないよね。

少し沖の方まで出ると、海の色が水色から紺へと変わった。それを見て、サトミは少し怖がっているようだった。

「この辺、かなり深いよね……？」

「だなー。サメとかいたりして」

「やめてー！　怖いから！　本当怖いから！」

このまま漂流して無人島で二人暮らしとかもありだよな、と妄想していると、真剣な面もちでゴムボートの縁にしがみついていたサトミが、ぽつりと尋ねてきた。

「ねえ、フクダ君は彼女、いる？」

唐突な問い。昨夜はあえて、その話は避けていたようだったのに。いきなりのストレートな質問に俺はドキリとした。

「いな、い、けど……」

脳内ではお前が彼女になってるけどな、とは口が裂けても言えなかった。

「……ふ、ふーん。フクダ君モテそうなのにね」

ふにゃ、と笑って、サトミが言う。マジで。じゃあ彼女になってください！　つい叫びそうになって、さっとあたりを見渡す。よし、誰もいないな!?

「イシハラは、どうなんだよ？」

チャンスボール。サトミと再会してから一番聞きたかった問いを、俺は打ち返す。

「いないよー。そもそも女子校だし、出会いなんてないない」

ぷんぷんとかわいく手を振って笑う。その映像と言葉は、瞬《また》く間に全俺中に伝わった。

いない、イシハラに、彼氏、いない。

俺はサトミに見えないよう、ガッツポーズを取った。

その日はそれ以上の進展はなく（あ、約束通りジュースは奢ってもらったけど）、というかこれ以上の急展開は俺の心臓が保《も》たない。仕事中にイタクラの言った「イシハラに彼氏がいなかろうと、お前が付き合えるとは限らないけどな」という言葉で現実世界に帰ってこられたような気がするくらい、浮かれていましたから。

翌日はサトミが昼間の当番だったため、俺らは他の女の子たちと遊んでいた。シュノーケルをつけ、ぼんやりと海の中を見ていた俺の背中を、つん、と誰かがつつく。

「うひゃっ!?　え、何!?」

くすぐったさと驚きで変な声を上げる。振り返ると、ごめんごめん、と笑いながらあやまるミユキの姿があった。

「フクダ君、なんか水死体みたいになってたからつい。びっくりしたでしょ？」

「魚につつかれたかと思ったわ。てか水死体って酷くね？」

「だって全然動かないんだもん！　ちょっとだけ心配した」

お忘れの方もいるかと思うので補足すると、ミユキはゴムボートに乗っていた細身の方の子だ。俺とサトミが再会するきっかけを作ってくれた、というフィルターを除いても、感じの良い、サバサバした良い子だった。ちなみに水着は緑基調のセパレートタイプ。あまり凹凸はないが、ファッションモデルのような体型だ、と言ったら言い過ぎか。

ミユキはモリ君派ではないらしく、わりと俺やイタクラと話していることが多かった。その日も俺らは、二人で泳ぐというよりは漂《ただよ》いながら、のんびりと魚を見て遊んでいた。

まあ、ここまで言うとだいたいの方はお気づきだと思うが。俺の持病が発作を起こすわけですよ。こいつ……俺に気があるんじゃねーの、と。

心の病ですよね。ここまでくると。

その上、サトミ一筋な俺と、そんな俺に惚れてしまったミユキ。そしてミユキの想いに気づいてしまったサトミは、もやもやとした嫉妬心にさいなまれ、だんだんと俺を意識し始め……。みたいな、三流恋愛小説が脳内に生まれ始めてしまうわけです。俺、結構小説家に向いているんじゃないかな。サトミが絡んだ妄想に関しては、そのバリエーションに自信がある。それが他人にとっておもしろいかどうかは別として。

うん、俺、気持ち悪ぃ。

夕方の仕事の時間が、半ばその日一日の反省タイムとなり始めていた。

毎日、朝起きるのが楽しかった。今日は何が起きるんだろう？　何をするのだろう？　そんなワクワクで、胸がいっぱいだった。心の奥底から「ああ、これが青春ってやつか！」と叫び出したいくらい。まさか学校では女子とほとんどしゃべれない俺（やイタクラやモリ君）が、夏の海で同年代の女の子と水着で遊んでいるなんて、天地がひっくり返ったんじゃないかってくらいの天変地異だ。

とはいえ、そろそろ海で遊ぶのにちょっと飽きてきた、ある日のことだ。

その日、釣り人は一組しかいなかったため、朝の荷入れがすぐに終わった。遊びに行くには早すぎるし、宿でごろごろするのもちょっと、と悩んでいる俺らに、叔父さんが貸し出し用の釣り竿を持ってきて

「たまにはちょっと釣りしていけば？」

そう言ってくれた。毎日釣り人の相手はしていたけれど、実際に自分たちがやるのは初めてだった。

船尾に三人並んで座り、ひらひらした疑似餌《ぎじえ》がついた釣り針を磯《いそ》に垂らす。そのあと、ゆっくりと船は進んだ。

「こんなんで釣れんの？」

「まあ、虫つけろって言われてもちょっと困るけどな」

虫に触れないわけではないけれど、触らないですむならそれが一番良い。もちろん虫以外の餌もあるのだけど、いくらとか桜エビを使うほど本格的に釣りたいわけでもない。何より高いしね。

最初に反応があったのは、イタクラの竿だった。

「あっ、なんか来た！」

それから俺とモリ君の竿も反応があり、おもしろいように次々と釣れた。アジみたいな小さな魚ばかりだったけれど、数が釣れるとすげー楽しい。あまりにも釣れるものだから、モリ君は途中から竿を放り出して写真を撮り始めた。ああ、そのカメラ、女の子専門じゃなかったんですね？

「師匠！　めちゃくちゃ釣れるんですけど!!」

「今日は潮が良いみたいだな」

イタクラは何故か叔父さんのことを師匠と呼んでいた。叔父さんもそれは悪い気がしないならしく、にやっと笑いながら応える。

明日は客がいないため、仕事が休みだった。つまり……だ。イタクラと目が合う。俺は何を言いたいかだいたい見当がついたため、力強く頷いた。

「師匠……お願いがあります」


翌日の早朝。俺たちの泊まる釣り宿にサトミたちがやってきた。昨日のうちに釣りに誘ったのだ。ダメ元でお願いしたにもかかわらず、叔父さんは船を出すことを快《こころよ》く了承してくれた。俺たちがよく働いているので、そのご褒美だと言っていた。仕事はまじめにするものだね！

女の子たちは船に大興奮だった。乗り込むときに揺れるので、手を貸しながら一人ずつ乗せてやる。

「私、こういう船に乗るの初めてだよー」

おそるおそる乗り込んできたサトミが、それでも楽しそうに笑う。俺は何故か得意げになって

「そう？　俺らはいつも乗ってるよ」

そう返した。なんでそんなこと自慢するの？

船が昨日のポイントまで進むと、……叔父さんが不穏なことをつぶやいた。

「……今日は潮が良くないな」

長年釣船に乗っていると、針を垂らさなくてもそういうのがわかるのだろうか。

その言葉通り、今日はまったく釣れなかった。

「え〜全然釣れないじゃ〜ん。つまんない〜」

ピザ（前後略）が文句をたれた瞬間、俺たちはこいつを海の神に捧げてやろうかと思った。いや、そんなことされても神様が困るだけか。

「ごめん、イシハラ……せっかく誘ったのに」

「ううん、船に乗れただけでも楽しかったから」

サトミの言葉に嘘は見えなかったけど、俺は申し訳ない気持ちでいっぱいだった。朝早くから呼んだのに、何も楽しませてあげられなかった……。

民宿の朝の手伝いがあるため、船は陸に戻ることになった。あくびをかみ殺しながら朝日を見ていると、船の横で何かが跳ねた。

「あれ、今なんかいなかった？」

「気のせいじゃね？」

「いや……たしかに……」

ぱしゃん、と、今度は音も聞こえた。みんなでその方向を見る。

「あ！」

誰が叫んだのか、それともみんなの声が揃ったのか。

「なんかいる！」

「イルカだ！　イルカがいるよ!!」

俺たちの目の前で、イルカが跳ねた。船の横を数匹のイルカが併走していたのだ。

それまで静かだった船内が、急に騒がしくなった。

「うわ――――!!!」

「すごい！　初めて見た！」

大興奮する俺たちの後ろで、叔父さんがなんでもないように
「ああ、時々漁船にひっついてくるんだよ。運が良かったな」

そう解説していたが、何人の耳に入ったかはわからない。何せ目の前の光景に釘付けになっていたのだから。

「すごい、すごいね！　きれーい！」

サトミがぴょんぴょんと飛び跳ねながら俺に同意を求める。俺はうんうんと頷きながら、イルカが見られたこと、そしてサトミが喜んでくれたことのダブルの喜びに目がチカチカするくらい感動していた。

陸に戻ってからもイルカの話で盛り上がった。みんな魚が釣れなかったことなんか頭から吹っ飛んでしまったらしい。イルカ様々だ。

「写真いっぱい撮ったから、現像したらあげるよ」

その一言で、もともと高かったモリ君の人気がさらに上昇した。ついでにこれを口実に女の子の一人と連絡先を交換した、というのだから隅に置けない。……というか、実はモリ君は手練《てだ》れなんじゃないかと疑いを持ち始めた。何故そうスムーズにことが運べるの？　俺とイタクラはモリ御大をあがめ奉《たてまつ》り、その教えを請《こ》うた。

それから、海以外で遊ぶことも増えてきた。

夜中に山間で肝試しをしたり、スイカ割りをして遊んだ。時が経つにつれてミユキはより俺に話しかけるようになったし、もちろん俺の妄想も膨らんでいった。でも、俺はサトミと一緒にいられる、それだけですごく楽しかったし、うれしかったんだ。刻々と迫る夏休みの終わりを感じながら、それでも今を精一杯楽しもう、覚えておこうと俺はつとめた。

でも、ちょっとね。欲張りすぎたのかもしれない。楽しい日々の終わりは、予想よりも早く訪れた。

サトミが、急に帰ることになったのだ。

申し訳なさそうな声でサトミが話してくれたところによると、どうやら親戚に不幸があったらしい。葬式に出なければならないし、バイト期間も残りわずかだったため、そのまま地元に帰ることになったのだ。

ついでに、そのときサトミが住んでいる町について聞くことができた。なんと同じ地方だったらしい。とはいえ、電車で片道二時間くらいの距離がある。気軽に遊びに行ける場所ではなかった。

『ごめんね、せっかくまた会えたのに……』

急に帰ることになった、という知らせを、サトミはわざわざ俺らの宿まで電話で知らせてくれた。受話器を耳に当てたまま、俺はショックで動けなくなっていた。ちら、と隣にいた二人を見る。聞き耳を立てていたが、よく聞こえなかったらしい。どうした？　と心配そうな顔をしている。説明ができそうになかったので、俺はモリ君に受話器を渡した。

モリ君が相づちを打ちながら、イタクラに小声でことの次第を伝える。合点が行ったのか、イタクラが俺の背中をぺしりと叩く。

「モリ、俺にも替わってくれ」

モリ君がこくりと頷き、イタクラに変わる旨《むね》をサトミに伝える。

「もしもーし、渚《なぎさ》の美少年イタクラでっす。イシハラいなくなるとかマジ残念だわー。ところでさ、イシハラは何で帰るの？　電車？」

軽い調子で、イタクラが何やら問い始めた。

「駅まで何で行くの？　結構距離あるっしょ。え？　タクシー？　もったいなくね？　うちに良いタクシー代わりがあるからそれ出動させるよ。いーっていーって。気にすんな。じゃ、ちょっと待ってて」

楽しそうな会話が妬ましい、とふさぎ込む。がちゃりと受話器を置いた音がしたかと思うと、イタクラの足が俺の背中に強襲した。

「いっだ!!　イタクラ、何すんだよ！」

「フクダ！　行け！」

「はぁ？」

どこに、何で、どうして？

背中をさすりながら頭にクエスチョンマークを浮かべる俺に、モリ君がそっと座布団を差し出してきた。

「自転車の荷台に座布団ひくといいよ。ちょっとは座りやすいし」

「何、え？」

「お前、また逃す気かよ。これから一生、イジイジして生きたくねーだろ？　早く行け！」

「ほら、急いで。イシハラさん待ってるよ」

やっと事態が飲み込めた俺は、力強く頷くと、俺たちが使っている部屋へと走った。財布を尻ポケットにつっこみ――ラブレターを、手に取った。

戻ってくると、二人の姿はそこになかった。玄関を抜け、自転車置き場に行くと、座布団がくくりつけられた自転車を手に、二人がぐっと拳を突き出す。

一人ずつ拳をぶつけて、俺は自転車にまたがった。

「急げ馬鹿！」

「気をつけてね」

ちょっと泣きそうだった俺は、何も言わずに大きく頷いた。

全速力で、自転車を走らせる。

チェーンが錆び付いた古くさい自転車は、ペダルを踏むたびにキィキィと悲鳴みたいな音が上がる。今日は俺が力一杯踏み込むもんだから、ガッシュガッシュと威勢の良い音が鳴った。その音がまるで某人型兵器の駆動音みたいに聞こえて、俺のテンションはどんどん上がっていく。

サトミの民宿への道は海沿いを通っている。サトミたちと毎日遊んだ浜辺にはたくさんの旅行者がいた。昨日までは、俺らもあの中の一人だったんだな、と感慨深いものがあった。

二人で並んで座った防波堤、星空と虫の声、一緒に乗ったゴムボート、イルカを見てはしゃいだ船、肝試しは何故かピザと組まされたな……。ほんの数日だったはずなのに、次から次へと思い出があふれ出す。

真夏の日差しの下、だらだら汗を流しながらたどり着いた民宿の前に、サトミは立っていた。俺を見つけると、ぱっと、花が咲くみたいに微笑む。

「毎度！　フクダタクシーです！」

「あはは、待ってましたー。高級車ですね」

つん、と荷台の座布団をつつき、サトミが笑う。

「でも、本当に送ってもらっていいの？　荷物もあるし……私重いよ？」

ちょっと恥ずかしそうに言う顔がかわいい。

「へーきだって。イタクラやモリ君乗せて走ったこともあるし」

「あ、それ……ちょっと複雑。あの二人の方が軽そう」

さすがに身長がそれなりにある男子高校生よりは軽いだろう、とは思ったが、二人ともぺらっぺらとまでは言わないがかなり細いので、なるほどこのたとえは失敗だったなと思う。

「へーきへーき。男子高校生の体力なめんなよ。つか、イシハラに断られてしまうと俺の立場がないから、むしろ乗ってクダサイ」

何もせずに宿に帰ったら、絶対俺末代まで笑われるわ。ぼやくと、ようやくサトミは決心してくれたようだ。お願いします、と深くお辞儀して、荷物を前かごに入れ、自分は荷台へと回った。

しっかり掴まってろよ、とは言えず、照れ隠しのようにでかい声で「出発！」と叫ぶと、俺はゆっくり走り出す。

「大丈夫？　私、降りようか？」

「任せろって！」

俺は立ち上がり、懸命にペダルをこいだ。サトミの手が、俺の短パンをぎゅっと掴む。

平坦な道は良かったけれど、さすがに登り坂は無理だったので、降りて二人で自転車を押した。上った、ということは、その分下りがあるわけで。

「よし、行くぞ……！」

「う、うん……」

「……し、しっかり掴まってろよ……！」

急勾配《きゅうこうばい》を見下ろし、強くブレーキを握る。ゴムボートのときも思ったが、サトミは案外アトラクション系が苦手のようだ。ぎゅっと、言われるまでもなく俺のシャツを握りしめている。

そして俺はブレーキを握る手を緩め、地面を蹴った。

「っ、きゃあああああ！」

「うおおおおおおお」

下り坂を、がんがんスピードを上げて駆け下りていく。ものすごい風圧が、汗をかいた額を冷やして気持ち良い。ついでに、背中に何かがぐりぐりと押しつけられている感触。これ、サトミのおでこじゃね……!?

どんどん上がるスピードとどんどん高鳴る鼓動。でも、手はブレーキから絶対放さない。背中の感触を全力で堪能できないのは残念だが、事故でも起こしたらそれこそたまらない。

そういや、坂道をゆっくり下る、みたいな歌流行ったな。こんな青春現実にありえねーよ！　と思ったけど、違ったみたい。意外と世の中は甘酸っぱい出来事で満ちている。

坂を下りきると、あとは平地だった。のんびりと、田園風景を見ながら走る。あちこちの林から、ミンミンゼミの鳴き声が聞こえてくる以外、静かな道だった。

ドが付くような田舎の駅は、改札もないような単線の無人駅だった。あたりは人っ子一人おらず、ついでに時刻表は次の電車が一時間後であることを記している。

まるで仕込まれたかのような、ナイスシチュエーションだった。これから短編映画でも始まりそうな勢いだ。

もちろん、主役は俺とサトミだ。

「あちゃ～、電車、一時間後だ……」

「電車来るまで、俺も残るよ。一人じゃ暇だろ？」

できるだけ、できるだけ自然にそう提案すると
「ありがと。お言葉に甘えます」

にこっと、サトミが笑った。第一段階、クリア。

日陰のベンチに腰掛け、他愛もない会話で時間をつぶす。サトミは笑っていたが、俺はそのほとんどを聞いていなかった。ポケットの中にある、ラブレターに気を取られていたからだ。さっきの坂道よりも、ずっとずっと心臓がバクバクしている。どのタイミングで渡そう、なんて言おう。頭の中が沸騰《ふっとう》しそうだった。

そのとき、ふとした沈黙が訪れた。胸が、これまで以上に大きく高鳴る。

今、なのか。

ゴクリと生唾を飲み込み、言葉を発しようとした、そのときだった。

「ねえ、」

サトミが、改まって話しかけてくる。

「また……みんなで会える、かな」

「え……？」

それは……つまり……。

「あの、ね……」

ちょっとうつむいて、照れた笑顔。眉がハの字に垂れていた。

もしかして……これは……サトミから……。

俺はパニックになりかけていた。俺から言うもんだと思っていた言葉が、まさか、サトミの口から聞けるなんて……。

「ミユキのこと、どう思う？」

おや？

「え？」

「いや、あのね、……ミユキ、良い子でしょ？」

「ああ、まあ、うん？」

どういうことだってばよ？

なんというか、木に登って降りられなくなった猫を助けようと自分も木に登ったら、登りきったところで猫が降りちゃったみたいな、そんな気分。いや違うな、痴漢だと思って女の子を助けたらそういうプレイだった、みたいな？　とにかく俺は、脱力した。絶望はしなかったけれど……全身の力が抜け落ちた。

ああ、やっぱりミユキちゃんは俺に気があったのね。ごめん、全然うれしくないわ。一生懸命ミユキの良いところを語るサトミの方が、何十倍も気になるんです。

サトミの話を右から左に受け流しつつ、俺は適当な相づちを続けた。これだけあからさまな態度をとっても気がつかないのだから、サトミは天然というより鈍感ですよね。こーのお間抜けさんが。そこが好きなんですけど。

「……フクダ君、なんか怒ってる……？」

ようやく俺の様子に気がついたのか、サトミがそのおしゃべりな口を止めて、俺を伺う。うん、怒ってるというかね。

「どうかした……？」

どうしたも何も……。俺にどうしてほしいの、サトミちゃんは。

なんとなく、そのまま二人とも黙り込んでしまった。沈黙が気まずい。一つ、長く息を吐き出して
「あのさ」

サトミを見た。

「俺はイシハラが好きなんだけどね」

自分でもびっくりするぐらい、自然に言葉が出てきた。

ぽかんとしたサトミの瞳が、みるみるうちに見開かれる。

「え？」

「あ、いや……俺は、イシハラが好きなんだ。だから……なんか、ごめん」

一応形だけ頭を下げるが、俺は笑っていた。だって、その顔！「信じられない！」って、顔が言っているみたいだ。サトミは耳まで真っ赤にしてうつむいてしまった。何か言おうとしているんだろう、口をぱくぱくさせている。ちょっとだけ金魚みたいだなと思った。ほら、赤いし。

「あ、俺が勝手に好きなだけだから。そんな困んないで」

ちょっとタイミング悪かったかな。俺は落ち着かなくなってきて、立ち上がるとその場をぐるぐる歩き始めた。何やってんだ。

「えっと……ごめん、なんか……びっくりしちゃって……」

ぽそりと、サトミがつぶやく。本当に気がついてなかったんだなって、また俺は笑ってしまった。

そのあとも、俺らは黙ったままだった。そのうち線路の向こうに電車の影が見え始める。

「イシハラ、電車来たよ」

「あ、ありがとう……」

ひょいと荷物を持ってやると、サトミが慌てて立ち上がった。

「どういたしまして。気をつけてな」

「あの、さ……」

ぷしゅーと音を立てて、電車の扉が開く。まともな冷房装置の付いていない車両からは、外気より気持ち冷たい程度の空気が流れてきた。

「返事って、今じゃないと、だめ？」

真っ赤な顔で、半ば叫ぶような声だった。

「いや、良いよ。今じゃなくても」

そっか、と小さく言って、サトミが電車に乗り込む。

「じゃあ、ね……」

「うん」

ためらいがちに振られた手。また、どこかで。口の中だけでそう言うと、また大業な音を立てて、扉が閉まった。

そういや、ラブレター渡しそびれたな。持ってきた意味ねぇじゃん、なんて。小さくなっていく電車を見送りながら、考えていた。

二度目の、サマー、イズ、オーバー。僕らの夏は、もう終わったんですよ。

でもあのときよりは確実に前に進めたよな、いろんな意味でさ。

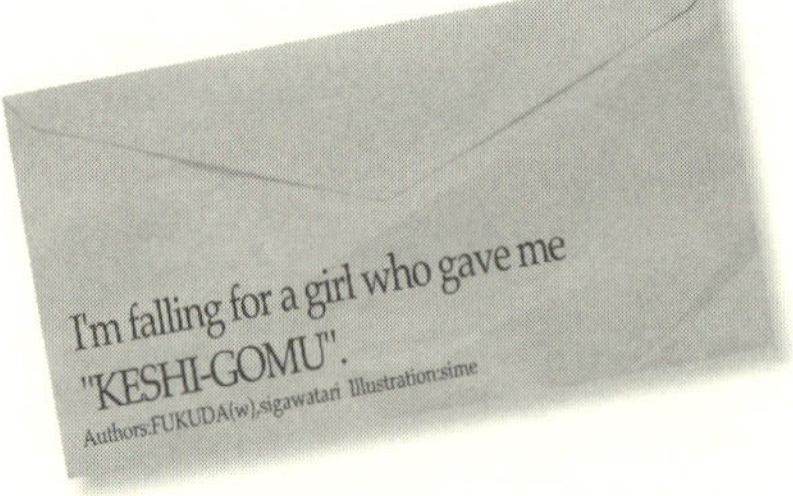

I'm falling for a girl who gave me
"KESHI-GOMU".
Authors:FUKUDA(w),sigawatari Illustration:sime

第三章　大学生編

サトミから連絡がないまま、そして連絡をしないまま、俺は地元の大学に進学し、大学生になっていた。

大学に入って一番驚いたのは、いろんな人がいるってことだった。俺は様々な学部が集まる一般的な大学に進学したのだけど、学部ごとに人種が違うんじゃないかってくらい特色があった。同じ学部内でも、現役で入った人もいれば、浪人した人もいる。ちらほら聴講に来た社会人っぽい人もいる。講師なのか学生なのかわからない人もいる。これ、うちの大学だけの特徴じゃないよね、とちょっと不安になったけれど、だいたいどこもこんなもんだよな？

イタクラやモリ君とはバラバラの大学に行ったけれど、それぞれの学校がそこまで遠くなかったこともあり、何かといっては一緒に馬鹿をやっていた。放課後の様子は中学の頃からそうそう変わっていない。目に見えて変わったところは図体が無駄にでかくなったくらいだ。

俺は経験のため地元で一人暮らしを始め、なんとか家事に慣れてきたところだった。主婦ってすごい。あまり大きな声では言えないけれど、酒とたばこも覚えた。とはいえ、酒に強いイタクラとモリ君に比べ、俺はびっくりするぐらい酔いやすかったので、どちらかというとニコチン中毒者になっていた。あの二人の酒の強さは、ザルというよりワクに近かった。枠です枠。ザルの目すらない。下手すりゃ枠すらないわ。

二人は酒に強い上に酒が大好きだったので、夜な夜なよく連れ出されて三人で飲んでいた。金がない金がないと言いながらも、頻繁に会っては飲んでいた。つまるところ、それぞれの大学で特に仲の良い友人ができなかったということだ。……いや、逆につるんでいるからできないのか？　これ高校のときも同じようなことを考えていた気がするのだけど、気のせいだろうか。実際、俺もサークルの仲間はたくさんできたけど、この人、って親しい友人はできていなかったので、あまり人のことは言えないのだけど。

とか言いながら。

「フクちゃん」

喫煙所でたばこをふかしていると、明るい色のショートカットをふわふわさせながら、一人の女の子が俺のもとに駆けてきた。

そう、おんなのこ、である。

「おう、カズミじゃん。どうかした？」

俺のことを「フクちゃん」なんてあだ名で呼ぶのは、彼女だけだ。名前はカズミ。同じサークルに所属していた。ハニーブラウンの短い髪は、きっとパーマを当てているのだろう、活発な彼女の動きに合わせてふわふわと揺れている。かなりの猫っ毛らしく、一度帽子をかぶると人前では脱げない、と笑っていたのを覚えている。背が高く、ヒールのある靴を履いていると俺と数センチしか変わらなかった。地味目の色を好み、この間秋服を買うのが楽しみだと言っていた。そしてスタイルがめっちゃ良い、サバサバした良い子だった。

……描写が細かいって？　俺だって大学生になったんだ、女の子にもずいぶん慣れてきたんです。〝綺麗の努力〟はそれなりには見抜けるっての。

「この間はありがとう。これ、カラオケ代」

数日前、俺がいつも通り三人で酒を飲んでいたときのことだ。店を出た俺らは、同じく飲み会帰りのカズミたちとばったり出くわした。まあ、イタクラが黙っているわけありませんよね。イタクラは強引に彼女らをカラオケに誘い、朝まで飲み明かしたわけである。そのとき俺らは手持ちがなかったため、イタクラが親のカードでひとまず支払い、後にその日の費用は男三人で割り勘となった。こっちが無理矢理誘ったようなものだし、女の子たちに出させるのも申し訳ないよね、という理由で彼女たちを帰したわけなのですが。

「イタクラくんたちにも、ありがとうって伝えておいてくれる？」

カズミはシンプルな封筒を差し出してきた。カズミはとても気が利く良い子だった。女四人プラス男三人の費用を、男側だけに持たせるのも申し訳ないと思ってくれたのだろう。

「いや、良いって。無理に付き合ってもらったようなもんだし」

「良くないって！　フクちゃん金欠なの知ってるんだから」

カズミは無理矢理カラオケ代の入った封筒を俺に押しつけてくる。

ああホント、この子ええ子や……！　と感動しつつ、一人だけ支払わせるのも悪いし、何よりカッコつけたいお年頃なので、受け取るわけにはいかない。

「そうだな、カズミはもう昼飯食った？」

「へ？　いや、まだだけど」

急に話題を変えたことに戸惑ったのか、カズミの猫目がまん丸に見開かれる。

「じゃあ昼飯奢ってよ。それでチャラってことで」

俺は短くなったたばこを灰皿に押しつけ、ぐっと伸びをした。日差しはまだまだ強いけど、時折吹く風が秋めいて涼しい。

「え、でもそれじゃあ少なくない？」

「良いって。腹減ったー」

納得しないカズミの言葉を遮《さえぎ》るように、俺は学食に向けて歩き出す。カズミはしばらくむっとしていたけれど、俺に折れる気がないとわかると、

「わかった、じゃあ一番高いの奢ってあげる」

そう言ってぺん、と背中を叩いてきた。俺を追い抜いたときに、ふわっと髪から蜂蜜に似た甘い匂いがした。

しかしまあ、俺の腹が鳴っているということは、他の大多数の人間もだいたい同じタイミングで腹が減っているということで。

「席、いっぱいだね……」

学食は人でごった返していた。一人ならともかく、二人分の席を見つけるのはかなり難しそうだ。

もういっそ購買のパンとかで良いかな。学食にあふれる良い匂いに誘われて悲しげに鳴く腹を抱え、ちらりとカズミを見ると、彼女は何やら考え込んでいる様子だった。

「ねえ、フクちゃん。午後の授業、何かある？」

「あるっちゃあるけど、出なくても問題ない」

俺はわりとまじめに授業を受けていたので、出席日数は充分足りている。その上、その日の午後は出席をとらない授業だった。

「ホント？　じゃあさ、外でお昼食べない？」

「へ」

マジすか。

俺はその言葉に、異様に反応した。ドキドキしていた。学食でなら、女の子と二人で飯を食ったこともお茶をしたこともある。けれどわざわざ街に出てまで食事をするのは初めてだったんだ。

「決まり。よし、行こうか！」

カズミはくるりと身を翻《ひるがえ》すと、すたすた歩いていってしまう。さっきとまるきり逆だ。俺は置いて行かれないように小走りでカズミについて行った。

「フクちゃんは何が食べたい？」

校門を抜けたところで、カズミが楽しげに話しかけてくる。俺はなんかデートみたいだ、と照れながら
「何でも良いよ。カズミは何が良い？」

そう答えた。全然頭が働かなかったのだ。カズミはカラカラ笑いながら、俺のわき腹をつつく。

「私の食べたいものじゃ意味ないでしょー。フクちゃんが決めてください」

いや、こっちは奢ってもらう身だし……とは思ったものの、カズミはこうと決めたら動かない。俺はしばらく考えて、そのとき吹いた風がちょっと冷たかったので、温かいものが良いな、と思った。

「……ラーメン」

「オッケー。じゃあラーメン行こう」

言ってから、女の子とご飯でラーメン屋ってアリなのか？　いやナシだろう。じわじわと後悔の念が浮かぶ。噂《うわさ》に聞く女子会とやらで「あいつｗｗ　ご飯に誘われてｗｗ　ラーメンとかｗｗ　ないわｗｗｗ」とか言われたらどうしよう。うわ、地味にへこむ。

そんなことを悶々と考えてはいたのだけど、実際ラーメン屋に行って、ラーメンを食べながら「おいしいね」と笑ったカズミの顔に嘘とか建前《たてまえ》っぽさが見えなかったので、ちょっと救われた。君がおいしいと言ったから、今日はラーメン記念日……なんつって。

しかしその日の記念はラーメンだけにとどまらなかったのだ。

「ねぇねぇおフクさんや」

「なんだいおカズさん」

「ボーリング行かない？」

「はい？」

ラーメンを食べ終えたカズミから、ボーリングのお誘いが来た。

ボーリング……だと……？

男としか行ったことがない……あのボーリングを……女の子と……二人で……？

「……お供いたす」

「ははは、フクちゃんはおもしろいなぁ。よし、では参ろうか」

結論から言うね、すっごく楽しかったです。ストライクでハイタッチとかしちゃいました。最高に楽しかったです。カズミは女の子ですが、ここまでの会話の通り、一緒にいてもどちらかというと男友達と遊んでいる感覚に近いんです。だから変な緊張をしなくてすむんだ。

でもさ
【今日は楽しかったね。またみんなにナイショで二人でボーリング行こう】

みたいなさ、絵文字が入ったメールを帰宅後にいただくと、あ、やっぱり女の子なんだなって思うわけです。

俺はそのメールをもらって、しばらく挙動不審になった。落ち着いてから、そっとそのメールを保護登録。たびたび読み返すようになった。

その晩、夢にカズミが出てきた。二人並んで、手をつないで歩いている夢だった。

それからというもの、妄想にカズミがたびたび登場するようになった。

ここまで一度しか名前が出ていないけれど、当時俺はまだまだまだまだサトミが好きだった。もちろん妄想への出演率はダントツだ。しかし、ラーメン&ボーリング記念日を境に、徐々に、徐々にカズミの出演率が増えていった。

本当、現金な奴だな、俺は。

もちろん、あの日以降カズミがちょいちょいちょいちょっかいをかけてくるようになったのも原因の一つだ、と言い訳したい。大学でぼーっとしていると、不意打ちのように脇腹をつついてくるし（どうもこの行動はカズミの趣味らしいが、俺はまったくくすぐったがらないので不満らしい）、サークルの部会後に残ってしゃべったり、何より、よく目が合うようになった。

目が合うと、向こうからそらしてくることはない。こちらも負けじとそらさないでおくと、にこっと笑うのだ。それがちょっとかわいいな、なんて思い始めていた。

　すっかり季節が秋に移動した頃、サークル旅行の計画が上がった。

『フクちゃんはどうする？　旅行、行く？』

　その晩、カズミから携帯に電話がかかってきた。普段メールが多いあいつにしては珍しい。

「うん、たぶん行く。暇だし」

　つい正座しながら答えると、カズミはケロっとした声で

『あ、そうなんだ。フクちゃんが行くなら私も行こうかな』

　そう言った。つまり……なあ。ここまでされたらさすがに感づくというか、調子に乗るというか。

　ふふふ、モテる男はつらいぜ……！

　実際、サークルでもカズミと話しているとよく茶化されていたのだ。

「お前ら仲良いよなー。何、付き合ってんの？」

「いやいや、まあいいじゃん？」

　すまん、一回言ってみたかったんです。ちょっとした憧れみたいなものなので許してやってください。

　もちろん、この話はイタクラたちにも報告した。

「さっさとセックスしろ」

「いやいや、そういうんじゃないんで〜」

「は？」

　イタクラはキレ気味だった。仕方ないだろう、相手がデレッデレの締まりのない顔でこんなこと言

ってきたのだ。俺だったら殴る。殴らせろ。

「いや、どうしよっかな〜って。応えてやった方がいいのかな〜付き合ってやった方がいいのかな〜」

「何その上から目線。何様？」

俺の言葉に、ついにモリ君もキレ始める。

「あーもーどうでも良いからさっさとしちまえ。モリに盗撮させるから」

「良いよ、綺麗に撮ってやる」

「あいつと俺はそういうんじゃ……そーいう感じじゃないんだよなー」

「何なんだお前は……」

あまりの俺のウザさに、とうとうイタクラが……呆れだした。これは大変珍しいことだ。

実際のところ、俺はカズミと付き合いたいと思っていた。バレバレだけどね。モテない男はフラグが立ったら付き合いたいと思うに決まってるだろ、ＪＫ。

二人が「サトミはどうした」と言わないどころか、むしろ先を急《せ》くのは、ようやく俺が今を見始めたからだと思う。

高校生の頃、あの夏の日。サトミに告白した俺は、しばらく無人の駅で呆然としていた。どれくらい経ったかわからないけど、次の電車が来なかったところを見ると一時間は経ってないかな。チリリン、って自転車のベルの音がしたんだ。駅から出ると、そこにイタクラとモリ君が待っていた。イタクラはすっげぇ汗かいてた。俺はそれにちょっと笑いながら、手を振った。情けない顔してたと思う。なんにも言わないまま、三人で宿まで帰った。

今になって、酒の席であのときのことをぽつぽつ話すことがある。言わなきゃ良かったたって、告白しなかったら、もしかしたらまた一緒に遊べたかもしれないのにって。この話をするときだいたい俺はつぶれかけで、二人ともやたら優しく背中をさすってくれた。あんまり優しくすんなよ、惚れるだろ。冗談半分でそう言うと、惚れるなら女にしろ、と小突かれた。

友人二人が背中を押してくれているというのに、俺は今一歩踏み出すことができなかった。怖かったんだ。もしカズミが、友人として好いてくれているだけだとしたら。実際、俺もカズミは「仲の良い友達」という認識の方が強かった。男女間の友情は……信じたい派なんです。下手に動いて友情を壊すのも、怖かった。それに経験が少ない分、モテない男はわかりやすいフラグに疑心暗鬼になりやすいのだ。これ、本当に取って大丈夫？　勘違いじゃない？　……こうやって取り逃すから、モテないんですよね。

さて、話を戻そう。秋の行楽シーズンに我らがサークルは旅行に行くことになったわけだ。二泊三日、観光を中心とした旅行はおおむね楽しかった。楽しかったのだけど、一つ大問題があった。

カズミさんが、話しかけてくれないんです。

ふとしたときにカズミを見ると、だいたい女の子たちとしゃべっていた。いつもだったら高確率で目が合うというのに！　飲み会のときも、飲めもしないのに一気飲みをして注目を誘うが、カズミだけはこちらを見ていない。俺は……鬱《うつ》になった。

次に、席を外して一人ベランダでたばこをふかしてみる。孤独を気取って注目を浴びようって、俺本当成長しないな……。もうこれは一生の病気なんだと思う。厨二という名のね。そしてちらりとカズミを見る。……やっぱり、見ていない。

ああ、もう俺馬鹿みたいだな……。

「なんだよあいつ……」

思わずつぶやく。ラブコメか！　というつっこみが飛んでこないのが寂しい。鬱だった。たまらなく鬱だった。イタクラ、モリ君……早くお前らのところに帰りたいよ……。んで「だから早くヤっちまえって言っただろ！」って、「これだからフクダ君は」って、背中バシバシ叩かれたい……。いや、断じてMじゃないです。断じて。

最終日も変わらず、カズミは話しかけてこない。実は俺の存在に気づいていないんじゃないかってくらい。ここまでくると、俺が何かしたのではないかと不安になってくるが、びっくりするくらい何もした覚えがないのでたぶん違うだろう。

新幹線の時間になるまで、俺たちはアスレチックのある簡易遊園地で過ごすことになった。とはいえ、連日飲んだくれて二日酔いの奴ばかりなのにアスレチックなんてアクティブなことができるわけがない。おとなしく釣り堀で遊ぶ人がほとんどだった。

しばらくみんなで並んで釣り糸を垂らしていたが、あまりに釣れないので、それぞれ三々五々に釣れるポイントを探して移動していく。

「フクダは動かねーの？」

面倒見の良い先輩が声をかけてくれたが、ここにいます、と答える。動くのが面倒だったし、そもそも釣り自体あまり好きではない。釣果《ちょうか》などどうでも良かった。

対岸などに広がっていったみんなを見るともなしに眺めながら、一人ぽつりと釣り竿を構える。

「はーあ……」

かったるいな、とため息をつく。隣に、人の気配がした。ふと顔を上げると……カズミだった。

心臓が、口から出るかと思った。

俺は焦って逃げそうになったが、必死にその衝動を押さえ込む。いや、逃げちゃだめだろ、俺に非はないんだし。つか隣に来ておいて無言ってなんなんですかカズミさん。逃げたい、いやだめだ、「逃げちゃダメだ逃げちゃダメだ……」。

沈黙は続いた。俺たちは無言のまま、しばらく隣り合わせで釣りを……いや、釣り糸を垂らしていた。こんなの釣りじゃない。

無表情を装いながら、俺の脳内はコンピュータさながらに動いていた。なんで？　今まで一方的に無視してきたカズミが、なんで隣に来た？　しかも無言？　何がしたいの？　もしかしてドッキリ？　サークル総出でドッキリでも企画してたの⁇

しかし、俺の超低スペックパソコンはすぐに根を上げた。今にもガリゴリッといやな音を立てそうだ。何より沈黙に耐えられなくなった俺は、意を決してカズミに話しかける。

「釣れねーな」

もっと何かなかったのかよ！　とセルフつっこみ。いや、当たり障りないのが一番ですよ。

「……そうだね」

お、反応アリか。リアクションがなかったらどうしようかと思ったわ。

「カズミは、向こう行かねーの？」

「うん、……ここでいい」

「そっか……」

しかし会話は続かなかった。どうしろというの。

次の策を考え始めた俺の耳に、小さな声が届いた。

「……フクちゃんがいるから……」

え？

「ここで……ううん、ここが、いいの」

なんか今、すごくうれしいことを言われたような気がするのだが……？

聞き間違いじゃ、ないよな？　バクバク鳴る心臓。一つ呼吸をおいて、カズミに声をかけようとした。

「カズ……」

そのときだった。俺の竿の浮きが、動いた。

「え」

竿がぐんと強い力で引かれる。これは……デカい!!

「ぐあー!!!!　来た、来たー!!」

「へっ、うわ、何これ!?　大丈夫、フクちゃん!?」

急に叫びだした俺に、カズミがビビって立ち上がる。俺はなんとか竿を立てた。

「ひいいいいいい」

釣りは好きではない。好きではないが、だてに一ヶ月釣り人の相手をしてきたわけではない。なんとなくだが、要領はわかっていた。

「カズミ、タモ、タモ取って!」

「えっ、タモ? タモってなに!?」

「網ー!」

「はい!」

さすがに手際よく、とはいかなかったけれど、わたわたしながらなんとか獲物を引き上げる。もう、驚くほどデカい鯉が釣れた。

「うわあ、すごーい!」

カズミが歓声を上げると、周りの連中がなんだなんだと寄って来る。興奮していた俺は得意げに鯉を見せびらかした。

釣果によって景品がもらえるらしいので、釣り堀のおっちゃんに見せに行くと、釣り堀の回数券をもらった。地元じゃないからうれしくもなんともないんだけどね!

それよりも、またカズミが普通に接してくれるようになったことがうれしかった。この二日間、何もなかったかのようにまた二人でじゃれて遊んだ。

新幹線でも、二人並んで座った。駅が進むにつれ、疲れ切ったのかみんな少しずつ無口に、そして眠りについていく。

「なあ、なんでしゃべってくれなかったんだ?」

周りを起こさないように、小声でカズミに問う。

気まずそうに、カズミが下を向いた。言いたくなかったら言わなくても、と言う前に、カズミの目が俺を見た。身長の高いカズミの上目遣いは、なんだか新鮮だった。

「諦めようかな、って思ったんだ。……でも、無理だった」

悲しい目をしていた。心臓が爆発しそうなくらい激しく動いて、もしかしたら心音が聞こえてしまうのではないかと思った。

俺は、ゆっくりカズミの手を握った。びくりとふるえてから、握り返してくる。目だけであたりを伺う。みんな寝ているようだ。誰も、俺たちを見ていない。

そっと、背もたれから頭を浮かした。ゆっくりと顔を近づけると、カズミの目が閉じられた。

唇に、柔らかな感触。生まれて初めてのキスだった。

「おうおうおうおう良かったじゃねーのフクダ君よぉ」

「いたたたたたたいたいいたいいたいイタクラちょやめ」

「綺麗に撮ってカズミとやらに進呈してあげよう」

「やばいやばいギブギブギブちょそこらめアッ――――!!」

カズミと正式にお付き合いすることになった俺は、さっそくイタクラたちに報告した。あんまり俺がムカつく顔をしていたのか、言った早々にコブラツイストから四の字固めの華麗なコンボを食らう。

ちなみに、この所行は決して妬みじゃないよ、とフォローしておこう。イタクラはすでに大学で彼女ができ、さらに初体験まですましていたし、モリ君なんて高校三年の時点で例の女子校の子と付き合っていたのだから。

うん、俺が一番遅かったわけです。

付き合い始めてからと言うもの、カズミがめちゃくちゃかわいく見えて仕方なかった。彼女フィルターもそうだけど、行動がいちいちかわいいのだ。毎朝のようにおはようメールをくれるし（しかも、大好き♥の一言つき）、毎日待ち合わせて一緒に帰った。土日は必ずどこかへ出かけた。友人としては大変サバサバした子だったのだけど、付き合ってみるとすごく女の子らしいデレを見せてくれる。そのギャップにくらくらしつつ、さらに好きになっていった。

さて、お付き合いを始めてしばらく経てば、とある願望が芽生えてくるわけだ。

脱童貞である。

俺は必死に部屋を掃除し、週末に遊びに来ないかとカズミを誘う。ＯＫの返事と一緒に、晩ご飯を作る約束までしてくれた。

当日、普段はショートパンツを履いていることが多いカズミだが、その日はスカートだった。これは向こうもその気だと……確信しても良いはずだ……。学校帰りに食材を買い込み、ＤＶＤを借りて、部屋の扉を開ける……と、

【頑張れフクダ！　穴を間違えるな！】

そう書かれた、横断幕が張ってあった。俺はもちろん、カズミも固まっていた。俺は急いでその紙を引きちぎった。

「は、はは……ごめん、友達が……」

「う、うん……」

つかお前ら、いつの間に侵入したんだ。……そういえばいつの間にか合い鍵が作られていたことを思い出した。

ＤＶＤを観ている間も、晩ご飯を作ってもらっている間も、酒を飲んでいるときも、いかにしてカズミを押し倒すかのシミュレーションを行っていた俺は……無事その夜、童貞とおさらばすることができた。

とっても、とっても幸せだったよ。それからも暇さえあればセックスしてたね。猿のようだが。

いろんなところに遊びに行った。くだらない嫉妬もしたし、されもした。クリスマス、正月、バレンタイン……彼女ができると、冬ってこんなに行事があるんだなって感心したよ。もちろん喧嘩もした。

誠心誠意、俺はカズミと付き合ったんだ。

付き合い始めてだいたい八ヶ月。梅雨が始まった頃のことだ。


どうにも夏には曰くがあるらしい。

俺は、サトミと再会した。


ある日、俺は一人で街にいた。カズミのバイトが終わるのを、一人ぶらぶらしながら待っていたんだ。べたべたとまとわりつく湿気がうっとうしくて、涼を求めて本屋に入った。

適当に雑誌を眺めていた俺の視界を、何かが通り過ぎた。

「……？」

ふ、と顔を上げる。本屋のガラス越し、いつもの街並みの中で、何かが引っかかっていた。なんだろう？

喉に刺さった小骨みたいな違和感があった。

じっと人混みを見つめる。その中に、見覚えのある人影を見た気がした。


サトミ……？


俺は慌てて本屋を出た。

藁《わら》をもつかむような気持ちで、サトミの姿を探す。

サトミ、サトミ、サトミ――!?

自分でも意味がわからなかった。何故サトミを探す？　もうあの恋は終わったんじゃないのか？

でも体が反応しちまったんだ、衝動が、抑えきれなかったんだ。

俺はいまだに――サトミの影を追っていたのかもしれない。サトミの存在が喉の奥に引っかかったまま、ずっとうずいていたのかもしれない。

そう、カズミにも言ってなかった、俺の秘密。押入れの中の、色あせたラブレター。まだ、残っていたんだ。忘れかけていたけれど、確かにそれは存在していた。

俺はサトミの姿を探した。見間違いかもしれない。他人のそら似かもしれない。最近はずいぶんと減った、妄想が見せた幻かもしれない。それでも、探さずにはいられなかった。

ブブブ、と鳴る携帯の振動に気がついたのは、走り回り、汗はだらだら、息は切れ切れになった頃だった。

『もしもし？』

ボタンを押すと、カズミの不満そうな声が聞こえた。俺は一つ深呼吸をしてから、おう、と応える。

『何回かけても繋がらないからどうしたのかと思った。何してたの？』

「え、マジ？　悪い、全然気がつかなかった……」

『えー。もう……バイト、終わりました』

「お疲れ……えっと、」

はっとなって周りを見ると、先ほどの本屋からかなり離れた場所に来ていた。カズミのバイト先から、一駅近く遠い。

「……ごめん、買い物してたら……全然違う場所に来てたわ」

『意味わかんないんですけどー。何してんの』

カズミの呆れた声。俺の嘘には気づいていないようだ。

「ごめんごめん、すぐ行く」

『フクちゃん、なんか徘徊《はいかい》老人みたい』

「カズミさん飯はまだかのお」

『ハイハイ、待ってるからね』

ぷつん、つー、つー……。

通話を終え、携帯の画面が切り替わる。かちかちと操作し、着信履歴を開く。短時間の間に、カズミからの履歴が大量に入っていた。カズミは笑っていたけど、たぶん、気にしていると思う。お詫びに今日はめいっぱい甘やかしてやんないと。

俺、何してんだろう。

言い訳のために適当な買い物をして、カズミを迎えに行く。飯を食って、部屋に呼んで、めためたに甘く抱きしめる。

でも、俺は心ここにあらずだった。俺はずっと、サトミのことを考えていた。頭から離れなかったんだ。カズミに対する罪悪感より、サトミへの想いの方が大きかったなんて、考えたくもなかった。

数日後、モリ君が「部屋にケーブルテレビを引いたら、アニメを見過ぎて大学に行けなくなった」なんてぼやきながら遊びに来た。珍しく、一人だ。

「……モリ君、さあ」

「うん？」

俺はよく冷えた麦茶をモリ君に出しながら、正座をして問う。

「あの……高二のとき、海で出会った女の子たち、覚えているでしょうか？」

「高二……バイトのときの？」

「そう」

「僕がモテモテだった、あのときの……？」

「なんで言い直したのかちょっと理解できない」

モリ君の前髪の奥、さらに眼鏡の奥が、キラリと光った。

「モテモテだっただろう、まあ今でもそうだけど」

「それは画面の向こう側とかそういう話ですか。……まあいいや。あの子たちの連絡先、覚えてる？」

「……急にどうしたの？　なんで？」

「えー……とですね」

サトミを見かけたことを、できるだけ簡単に、感情を入れないように説明した。なんとなくいやな予感がしたからだ。

「……と、いうことでして、イシハラがどこの大学に行ったかをね、知りたいんですよ。もしかしたら近くの大学かもしれないじゃん？」

「なるほど？」

モリ君は芝居がかった動きで頷いた。俺はゴクリと喉を鳴らす。

「で？」

「え？」

「それを知って、フクダ君はどうするの？」

ぐさり。心臓のど真ん中に銛《もり》を打ち込まれたような気がした。モリなだけに。いや違くて。

「……カズミちゃんは？」

真っ正面から俺の目を見て、モリ君は静かな声で言った。

「フクダ君の彼女は、カズミちゃんだよね？」

ぐうの音《ね》も出ない、正論だった。

そのとき、部屋の扉が空気を読まずに、音を立てて開いた。

「おっすー、あっちーなー……って、え、何まじめな話？」

立て付けの悪い扉以上に、空気を読まない奴がやってきた。まあ、部屋の異様な雰囲気は察知したようだけれど。

「フクダ君、街でイシハラさん見かけたんだって」

静かな、感情を抑えた声でモリ君が経緯を説明する。イタクラはその話を聞き終えると……何故か大笑いした。

「おま、ただのストーカーじゃねぇか！　しかも粘着質！」

「ストーカーじゃねぇよ！　これは……」

純愛、と言いかけて、はたと気づく。

（フクダ君の彼女は、カズミちゃんだよね）

「いい加減にしなよ。イシハラさんは昔の話だろ？　いつまで引きずってんの」

脳内再生されたモリ君の声に、リアルモリ君の言葉が被《かぶ》さる。その声は、ふつふつと怒りがにじんでいた。

「もう、忘れちゃいなよ。カズミちゃん良い子じゃん。イシハラさんはフクダ君の告白に、何の返答もしなかったんだよ？　そんな奴のこと、もうどうだって良いだろ」

モリ君の言葉がグサグサ胸に刺さる。正論すぎる。そして——言葉がまっすぐすぎるんだ、モリ君は。

「まあ、そう、だよな？」

イタクラが曖昧な相づちを打った。少し、焦った顔をしていた。

俺もね、自分のこと最低な野郎だって思うよ。あの日サトミを見かけてから、また妄想するようになったんだ。もちろん、登場人物はサトミだ。カズミとデートをしていても、これがサトミだったら、とか、中学のときに一緒に食べたかき氷を思い出したりしていた。自分でも、なんでこんなにサトミにこだわってるのか、わかんないくらいだよ。

人に自分の暗い部分を指摘されると、いい気はしない。さらに俺はまだまだ厨二から卒業できていないような奴だったから、なおさらだ。

「なんか、理由があったのかもしれないじゃん」

「そうだな、それも一理あるな」

「理由って何だよ。連絡取ろうと思えばいくらでもやりようあったでしょ。イシハラさんはそんな人だったんだよ」

ぶちり。脳内で何かが切れた音がした。

「お前がイシハラの何を知ってるんだよ！」

「お前こそ表面だけだろうが!!」

「まあまあ、ちょっと落ち着けよ、アイスでも食う？」

「結局、お前はイシハラさんにだまされてたんだろ!!」

目の前がカッと赤くなって、気がついたら俺はモリ君を殴っていた。かしゃん、と華奢な音を立てて眼鏡が吹っ飛ぶ。拳が、痛いというより熱い。興奮しすぎたせいなのか、目にうっすらと膜が張っているみたいだった。涙ぐんでる。だせぇ。

「ちょ、フクダ！　いきなり殴んな！」

慌てるイタクラの声を後目《しりめ》に、体勢を立て直したモリ君が殴り返してくる。そういえば、モリ君と殴り合いの喧嘩をしたのは初めてだった。拳がすごい速いし、重い。口の中が鉄臭い。

「てっめぇ!!!」

狭い部屋の中で取っ組み合いが始まった。時々、ガシャン、とかいやな音がしたけど、気にならなかった。イタクラはモリ君の眼鏡を持っておろおろしている。

俺がマウントポジションを取る。ガタイは俺の方が良いから、こうなったら逃げられないだろう。

腕を振り上げたそのとき、モリ君が下から叫んだ。

「イシハラ、イシハラって……お前の彼女は誰だよ!?　カズミちゃんだろうが!!!」

その言葉に、すべての思考がストップした。

（フクちゃん）

にっと笑うカズミの姿と、声が浮かんだ。

放心した俺を易々《やすやす》とどかし、モリ君が立ち上がる。俺はその場にへたり込んだ。

「自分の彼女がどんな気持ちか考えもせずに……勝手なことを言うな!!」

言い返せなかった。言い訳も言い分も屁理屈さえ出ない。そもそも、殴った時点で俺の負けは見えていたんだ。言葉でも喧嘩でも、俺はモリ君に敵うはずがない。惨敗だ。

なんの反応もできない俺に舌打ちして、モリ君は帰って行った。イタクラから受け取った眼鏡は、ちょっとゆがんでいたようだった。

バタン、と勢いよく扉が閉まると、イタクラが長い息を吐いた。ピリピリした空気から解放されて、ようやく楽に呼吸できるようになったんだろう。

「……なんか青春ドラマみてぇ」

空気を読めないのか場を和《なご》ませようとしているのか知らないが、間の抜けたことを言う。どっちでも大差ない。俺の心を逆なでしたことには変わりないのだから。

「お前も帰れよ……」

「うわ、そのセリフも青春ドラマ臭い」

「うっせーな！　早くどっか行けよ！」

一人になりたかった。むしろ、いっそ消えてしまいたかった。こんな気持ちになるのは久しぶりだ。俺、本当死ねばいいのに。

「はいはい。次会ったら、こんなもんじゃ済まさないんだから！」

何キャラなのかよくわからない上に、それはお前のセリフじゃないだろう。……そんなつっこみすら、する気力がなかった。

急に静かになった部屋で、俺はため息を吐く。

「いってぇ……ほんと、モリ君容赦ねぇな」

沈黙が息苦しくて、普段あまり言わない独り言をつぶやく。ぐるりと部屋を見渡して、惨状を確認する。そもそも壊れて困るものはそんなにない。だいたいが一人暮らしをする際に買い集めた安物ばかりだ。壊れたものは買い直せばいい。気軽に捨てられる。

でも、そうじゃないものは？

のっそりと動き出して、部屋の掃除を始めた。何も考えたくなかった。いっそこのまま大掃除でも始めてやろうか。

チャイムが鳴ったのは、キッチンに移動してコンロに手をつけようとしたときだった。誰とも話したくない気分だったが、せめて相手くらい確認しようと、覗き穴から外を見る。

カズミだった。

カズミには合い鍵を渡していたはずだ。それなのに、どうしてわざわざチャイムを押したのだろう？

……カズミの行動に、遠慮のようなものが見え始めたのは、いつだっただろう。そういえば最近、電話をかけてくると「今大丈夫？」と訪ねるようになった。前はそんな奴じゃなかったのに。

「……よお」

扉を開けると、カズミは一瞬目をまん丸にしてから

「男前になったね」

そう言って笑った。

「男前なのは生まれつきだよ」

少し身を引いて、中に入るよう促す。ビニール袋をガサガサ言わせながら、カズミが部屋へと入っ

ていく。

「え、何、掃除してたの？」

掃除道具が出しっぱなしになったキッチンを見て、カズミがオーバーに驚く。そんなに驚くことか？

「あー、うん。なんとなく」

「せめて手当してからにすればいいのに。腫《は》れるし、痕《あと》残るよ？」

テーブルのそばに座って、ぺんぺんと床を叩く。ここに座れ、と言いたいのだろう。おとなしく従うと、持っていたビニールから絆創膏《ばんそうこう》やら氷嚢《ひょうのう》やらが次々と出てきた。

「……ずいぶん用意が良いことで」

「私、予知能力があるから」

俺の顔に絆創膏を貼りながら笑うカズミの、目は笑っていなかった。気のせいだろうか？

「……イタクラ君に、持たされたんだ」

予定外の、タイミングのいい訪問にはそんな理由があったのか。じわりと涙が浮かんだが、痛みのせいにした。

「モリ君と喧嘩したんだって？」

「……まあ」

ドキ、と胸が痛む。まさか前に好きだった人のことで、など言えるはずがない。理由を聞かれたらどうしよう、俺の額に嫌な汗がにじむ。

「原因がラーメンは豚骨か醤油か、なんて、馬鹿じゃないの」

氷嚢を作りに言ったカズミが、心から呆れた声でそう言った。イタクラさん、あんた何言ってるんですか。でも、まあありがとう。うん、一応。正直感謝の気持ちが半減したけど。

ぐっと腫れた頬に氷嚢を押しつけながら、カズミがもう一度、今度は真正面から

「馬鹿じゃないの？」

大事なことなので二回言いました。

「……おっしゃるとおりでございます」

氷嚢を受け取って、深くうなだれる。カズミはひょいひょいと広げた袋類を片していく。俺って本当、馬鹿。こんなに良い友達も、こんなに良い彼女もいるっていうのに。

「で、フクちゃんは結局どっちが好きなの？」

え？

心臓が、はねた。

「え……？」

「ラーメン。豚骨と醤油、どっち？」

焦る俺に対して、カズミはきょとんとした顔だった。ですよねぇぇぇぇぇびっくりしたわ！

「そりゃ豚骨細麺が正義でしょ」

「はっ」

カズミは鼻で笑うと、

「馬鹿じゃないの？」

大事なことなので三回以下略。

「あーあ、ラーメンの話してたら食べたくなっちゃった。フクちゃんはその口治るまでお預けだね。ラーメンの話でラーメン食べられなくなるとか、ざまぁ」

「うるせー」

カラカラ笑うカズミの笑顔。俺は、申し訳ない気持ちでいっぱいだった。


翌日、俺は学校をサボった。そして行き慣れない大学の門前に来ていた。モリ君の学校だ。

大きく深呼吸してから電話をかける。モリ君は二コールで出た。

『……もしもし』

「口、痛くね？」

開口一言、俺はそう言った。ちょっと間を空けて、モリ君独特の半笑いのしゃべりが返ってきた。

『イタクラ君よりはフクダ君の方がパンチ力あるね』

いつも通りの、モリ君だ。

「つかイタクラは弱すぎだしね」

『すぐ泣くし』

「ですよねー」

くっくと笑い合う。ああ、くだらない、すばらしき日常。

「ところでさ、今俺、モリ君の大学の前にいるんだけど」

『え？　何、今度は僕をストーキングし始めたの？　それともメリーさんなの？』

「今、アナタノ家ノ前ニイルノ」

『怖っ。いろんな意味で』

「ちげーよ、やらせんなよ！　昼飯食いに行こうず」

『オケオケ。もちろん奢りだよね』

「調子乗んなって。あ、それからさ」

『ん？』

吸って、吐いて、吸って
「……俺の勝ちで良いよな？」

『…………いや、僕の圧勝でしょ』

「モリ君は強情だなぁ」

しばらくするとモリ君がやってきたので、おすすめの飯屋に行った（もちろん、傷にしみなさそうなメニューを選んだ）。

本当はごめんって言いたかった。ありがとうって言いたかった。でも、なんか気恥ずかしかったんだ。

……今更、改めて言うような間柄じゃないしね。

食べ終わってモリ君と別れた俺は、カズミにメールを打った。

【仲直りした。豚骨醤油が最高ということになった】

さほど間を空けず、カズミから返信。

【良かったね。これからも喧嘩したらちゃんと仲直りしなよ】

　絵文字付きのにぎやかなメール。ふっと笑いながら、俺はもう一通メールを打とうとして……やめた。代わりに、着信履歴からカズミの番号を呼び出す。

「いえーい、電話しちゃった」

『どうしたの？　なんかテンションおかしいよ？』

「カズミ、夏休みにさ、二人で旅行行こうぜ」

　ぽこぽこと慣れない街を歩きながら、俺は提案する。

『行きたい……行きたい！　絶対行く！』

　声から、カズミがものすごく喜んでいることが手に取るようにわかった。下手したら飛び跳ねているかもしれない。バレないように笑いながら、俺はあの光景を思い出していた。

「じゃ、俺のばあちゃんちに行かね？　んで釣りしようぜ。海水浴場もすぐそばにあるし。すげー夕日が綺麗だよ」

『いいの？　私が行っても大丈夫？』

　カズミの声が、少しだけ沈んだ。気づかないように、気づかなかったように、俺はいつもより明るい声で話した。

「大丈夫だよ。船にも乗せてもらえるし……そうだ、イルカも見せてやるよ」

『イルカ？　イルカなんて見られるの？』

　俺はカズミ一筋でいくことにした。サトミの影を振りほどくために、過去のものにするために、カズミを思い出の場所に連れて行こうと、決めたんだ。

でもね、大学二年生の夏。波乱はこれだけじゃ終わらなかったんだ。


六月の、中旬のことだった。

その日は雨が降っていて、俺は学校に行くのが面倒になっていた。今日の授業は出席を取らないうえ、テストも簡単だったので、サボろう、一旦はそう決めた。だというのに、その日に限ってカズミからメールが来たんだ。「お昼ご飯、たらこスパが食べたい」と。

カズミが言う「たらこスパ」は、大学の近くにあるパスタ屋のものを指す。呼ばれたからには行かねばなるまい。昼前に行けば良いと思った俺は二度寝をし、それから学校へ向かった。シトシト雨が降っていて、鞄が濡れてウザかったのを覚えている。……って、なんか怪談話みたいな語り口だな。いや、まあ実際に言葉も出ないようなことが起こったという意味では、間違ってないのだけど。

昼間なので電車は空いていた。ついでに、まだ時間に余裕があったこともあって、俺は普段は利用しない普通電車に乗り込んだんだ。席はガラガラだった。俺は隅っこ族なので、座席の端っこに深く座り込む。同じ車両には、向かいの座席に女の子が一人座っているだけだった。

梅雨のけだるい空気も手伝ってか、非常に眠かった。二度寝までしたのにどうして眠いのだろうか。普通電車だし、少し寝るか。そう思って、俺は大あくびのあと下を向いて目を閉じた。

……が、目を閉じる直前、前に座っている女の子がこちらを向いていることに気づいた。しかも、凝視してるっぽい。

（なんだ……？）

気になって、俺は顔を上げた。やっぱり見てる。それもかなり。俺も、見返した。

カチッ。

「あ、」

その声を発したのは、果たして俺だったのか彼女だったのか。

ともかく、その声をきっかけに向かいに座った女の子がぱっ、と笑った。俺の大好きな笑顔。


サトミだった。

サトミ、だったんだよ。


「久しぶりだね」

不思議とドキドキはしなかった。

「久しぶり」

それ以上に、長い長い旅から帰ってきたような安らぎがあった。本来いるべき場所に帰ってきたみたいな安堵感。変な話だけど、とたんに呼吸が楽になったような気さえした。海に住んでたけど、俺実は淡水魚だったんだ、みたいな。

「隣、良い？」

ちょっと小首をかしげてサトミが言う。俺が頷くと、とことことサトミがやってきて、隣に座った。

「えっと……これから大学？」

サトミはまた綺麗になっていた。髪がさらに伸びていた。カラーやパーマは入れていないらしく、真っ黒な髪が、柔らかく、でもまっすぐに伸びている。サトミみたいだなと思った。髪質は人を表すのだろうか。なら、この方々にぴんぴん伸びる俺の髪は、俺の何を表しているんだろう。

「そう。……イシハラも？」

「今日はお休み。出かけてきて、今帰るところ」

「そっか」

俺たちは、顔を見合わせて笑った。

「何で笑うんだよ」

「そっちこそ」

笑うと、サトミの瞳をきらきらした瞼《まぶた》が覆った。そうか、化粧してるんだ。そう思うと急にドキドキしてくる。中学、高校とサトミを見たけれど、化粧をした顔を見たのは初めてだった。それでも、柔らかく垂れた目尻やぽってりした厚い唇、ちょっと太めの眉はそのままで、サトミなんだな、って思う。当たり前だけどね。

「イシハラは今も実家？」

「うん。フクダ君は？」

「俺、一人暮らし」

「本当？　ちゃんと暮らせてるの？」

「なんで疑ってかかるんだよ」

俺たちは互いに近況を話した。なんだか、友達と長期休みに何して過ごしたか話してるみたいな、そんな空気だった。お互いわざとなのか、それとも無意識なのか、アノ話題には触れなかった。

サトミは近くにある某有名大学に進学していた。その天然っぷりで忘れがちだが、昔から勉強ができる子だったんだ。どうやらこの電車に乗ったのは本当にイレギュラーだったらしい。俺と同じ。

「いつもと違う電車って、大丈夫なのか？」

「何が？」

「逆方向じゃない？」

「え……ちょ、やだ、懐かしい話しないで……！」

「いやー、アレには笑ったけどな。ホームで何度も確認してたのに」

「やだー！　もう、フクダ君意地が悪い！」

サトミのまあるい頬が赤く染まる。つついてやりたいな、なんて思っていたら、アナウンスが大学の最寄り駅を告げた。もう、降りなければ。

「あ、俺次だ」

「えっ、そうなんだ……」

考えるより先に、言葉が口から出ていた。

「イシハラ、携帯教えてよ」

「うん、良いよ」

ポケットから携帯を取り出した俺に、サトミはすらすらと自分の番号を言った。何故口で言った、と思ったが、赤外線でのアドレス交換は案外時間がかかるので、かえって好都合だった。

「サンキュ。一回鳴らすな」

ごそごそと携帯を取り出したサトミへ、電話をかける。

「はい」

何故かサトミはその電話を、取った。

「いやいや、なんで取ったんですかイシハラさん」

「へ？　あ、そっか、これフクダ君だ」

相変わらずの天然っぷりに、なんだか安心した。

「電話する。じゃあ、またな」

鞄をひっつかんで電車を降りる。ホームから車内を見ると、サトミが笑顔で手を振ってくれていた。

「またね」って口が動く。「またね」だ。また、サトミに会えるんだ。

待ち合わせ場所に向かう途中、俺の心に一抹《いちまつ》の不安がよぎる。これからカズミと会うというのに、またボーッとしてしまわないか心配になったんだ。カズミ一筋で行くと決めて早々の出来事。神は俺を試しているんじゃないか、なんて厨二思考も手伝って、俺はちょっとだけ気負っていた。

しかし実際、俺はその日一日を普通に過ごした。カズミとの食事は楽しかったし、いつもみたいに冗談も言った。そして普通にキスもした。

……嘘は吐いていない、吐いていないけど。白状すると、サトミのことばかり考えていた。早くサトミに電話をしたかった。

まったくもって俺は成長しない生き物だと思う。ごまかしがうまくなったところで、芯はまるっきり変わっていなかったようだった。成長の方向がダメだろそれは。これが大人になるってことなのだろうか。

その日の晩、家に帰り着いた俺は速攻で――サトミに電話した。携帯を前に緊張するなんて、いつぶりだろう。気がついたら俺は正座をしていた。

サトミはコール五回目で電話に出た。

『もしもーし？』

「あ、イシハラ？　フクダです」

『ふふ、今日はどうもです～』

明るい声に、緊張が一気に解けた。高二の夏に受けてから約三年ぶりの電話。ドキドキしていたけれど、どちらかと言うとわくわくの方が強かったね。俺たちは昼の続き、近況を話した。

そのうちね、前回再会した――高校二年の夏の話題になった。夜のテンションも手伝ってか、俺はわりと自然に、一番聞きたかったことを聞けたと思う。

「てかさ、なんで電話くれなかったんだよ？」

できるだけ明るく、笑いながら。昔の話だしね、気にしてませんよって雰囲気のまま尋ねる。俺もちょっとは大人になったんだよ。

『え〜？　私、あの後五回くらい電話かけたんだよ？』

　はい？

「え。マジ？」

　それは初耳だった。いや、当たり前なのだけど、思い出してほしい、うちの母を。女の子から電話があったと言うだけで取り乱すあの母が、電話があって黙っているとは考えられなかった。どういうこと……なの……？

　混乱する俺を後目に、サトミが言い分を続ける。

『うそ、知らなかったの？　いつもおじいちゃんが出て、「今はいません」って言うから、電話があったことを伝えてくださいって言ってたんだけど……？』

「……イシハラさん、大事なお知らせがあります」

『なに？』

「俺んち、じいちゃんいないんだ……」

『えっ!?　ってことは……』

　うん、俺の家の番号、間違えてたんじゃないかな……。乾いた笑いを漏らしながら、側に置いていた麦茶を口に含む。

『あのおじいちゃん……幽霊だったのかな……？』

「ぶっ!!!」

　俺は激しくむせた。気管、気管に麦茶が、てか、麦茶吹いた、ティッシュ、……。

『え、えっ!?　フクダ君？　フクダ君大丈夫？　今変な音聞こえたよ!?』

「だ、大丈夫……麦茶でむせただけ……あとテーブルに膝ぶつけた……」

むせる↓ティッシュを取ろうと立ち上がる↓正座をしていたので足がしびれている↓ふらつく↓足がテーブルに激突↓酸欠＋痛みにもだえる↑イマココ!!

「……悪い、やっと落ち着いた」

『大丈夫？　焦って飲もうとすると危ないよ？』

いや、おおかた君の発言のせいですよ。とは言わずに。

今は昔の返事を聞きたいと思っていなかった。否、むしろ聞きたくなかった。それよりも、今のサトミを知りたい、もっと話したいと思っていた。もっとサトミの声を聞きたい、笑顔を見たい。

「なあ、イシハラ。今週空いてる日、ある？」

『ん？　今はバイトやめたばっかりだから、いつでも暇だよ〜』

「じゃあ、飯、食いに行かね？」

お誘いは、少しどもってしまった。久しぶりに再会した相手と会う。別に普通じゃないか。それが異性同士だとしても。トモダチ、だし……？

『いいよ。いつにしようか？』

サトミの返事は、驚くほどあっさりしていた。

ときは二日後、場所は俺とサトミの家の中間くらいにある繁華街。約束はさくさくと決まった。当日俺は、カズミにイタクラたちと飲みに行く、と嘘を吐いた。

「わかった。楽しんできてね。でも、飲み過ぎないように！」

そう言って笑顔で背中を叩いたカズミに、心の底から申し訳ないと思った。俺はまた、最低なことをしている。待ち合わせの駅に着き、サトミを待つ間も頭は罪悪感でいっぱいだった。

二日間、俺は何度か「やっぱりやめよう」とか「ごめん、急用が」なんていう電話をかけようと、サトミの電話番号を画面に表示した。でも、通話ボタンを押すことはできなかった。どうしてもできなかったんだよ……。

あー。ため息なのかうめき声なのかよくわからん声を発していると、名前を呼ばれた。フクダ君。たぶん、俺を呼ぶのに一番使われている、手垢でべたべたの名称。

「フクダ君、お待たせ。……ひょっとして遅れちゃった？　ごめんね」

でも、サトミの声で呼ばれるとちょっと特別な気がしてしまうんだ。

「いや、俺が早すぎたんだよ。わくわくしちゃって」

ふわふわしたスカートをなびかせて、サトミはやってきた。すごく、女の子って感じだ。俺の周りにはこのタイプの子がいないので、なんだか新鮮だった。それがまた、サトミを特別な存在にするのに一役買っているようにも感じる。

寝付きが悪くなるくらい俺をさいなんだ罪悪感は、そんなサトミの姿を見た途端一気に消え去っていった。蜘蛛《くも》の子を散らすように、ってやつだ。

行くか。歩き出そうとする俺を、サトミは立ち止まったままじっと見上げてくる。この間は座っていたからあまり気にならなかったけど、サトミはあまり身長が伸びなかったようだ。下からの視線が、なんだかくすぐったい。

「な、何？」

ドキドキして見返すと、ふっとサトミが目線をはずした。

「ううん……フクダ君、大人になったなぁって」

それは、どういう意味ですか。

聞こうと思ったけれど、なんか変な雰囲気になりそうで、やめた。しょっぱなから気まずくなるのは避けたい。……たぶん、サトミの言葉に他意はないだろうから。

「だろ？　ピーマンも食べられるようになったぜ」

「ちょっ、フクダ君、おもしろ……ふふ、馬鹿っ、」

何か変なツボに入ったのか、サトミは腹を抱えて笑った。一人で大笑いするサトミを通行人がちらちら見始めたので、まずい、と思う。俺の大学からは離れているとはいえ、誰が見ているかわかったものじゃない。……って、なんかすげー不倫とかしてる気分！　近いけど！

ようやく落ち着いてきたサトミとともに、ダイニングバーに入った。サトミはけっこう飲めるらしく、うまい飯と酒、そして昔話で大いに盛り上がった。ふと時計を見ると、サトミが最初に言っていた門限間際だった、というくらい、俺たちは時間を忘れて話していたんだ。

「なあ、今度の土曜、映画行かね？　さっき観たいって言ってたやつ」

遅くなってしまったので、サトミを家まで送った。帰り際に、次の予定がほしくなった俺はとっさにそう言う。

サトミは少しの間、人差し指を顎に当てて考え込んだ。長考か。弱気になりながら、俺は引き下がらずに、押した。

「重く考えるなよ。ただ、男女二人きりで映画館という暗闇に行くってだけの話じゃん？　ドキドキしながら」

「重っ！　余計重いよ！」

真夜中の住宅街で、俺らは声を潜めて笑った。

「違うの、そういうことじゃなくてね。土曜日、バイトの面接があって……できたら、日曜日にしてもらいたいな、って」

ごめんね、小さく言って、両手を合わせる。

「わかった、じゃあ、日曜に」

「大丈夫？」

「おう、全然平気」

じゃあ、また。と言って俺は駅への道を戻っていく。

全然平気……じゃなかったんですよね、実は。

日曜日はカズミと遊ぶ予定だった。でもそれは土曜日に変えてもらえばいい。日曜にバイトが入っちゃった、とでも言えばいけるだろう、いや、それでいく……！

はい、俺は最悪な男ですよ、まったくもって。

このとき、イタクラは彼女と熱愛中、モリ君はアニメのせいで激減した出席率を上げるため必死だった。止める人、相談する人がいなかったのも理由の一つだったのかもしれない。いや、人のせいにするのはダメだろう。要は、俺は調子に乗ってたんだ。男はみんな暴走列車なんですよ。


土曜日はカズミと一日遊び、翌日サトミと会った。映画の内容はまったく頭に入ってこなかった。罪悪感のせいじゃない、俺は浮かれていたんだ。サトミと映画に来てる。一つのポップコーンを二人で分けてる。サトミから良い匂いがする。

「隣にサトミがいる」というそれだけで、俺は天にも昇る喜びを感じていた。

映画の後は遅めの昼飯を食い、ショッピングモールを回る。あの日実現できなかった悲願のデートが、ここに来て果たされたのだ。大人になると一緒にご飯食べるのが簡単にできるんだな、と感心したくらい。

店を冷やかしながら歩いていると、かき氷の幟が見えた。俺はいたずらを思いついたような気持ちで、それを指さす。

「なあ、かき氷食わね？」

サトミは一瞬きょとんとしてから、思い出したのかぱっと笑った。

「うん！　……二度目だね？」

「な」

もちろん、俺はブルーハワイ、サトミはイチゴ。半分くらい食べたところで、にっとサトミが笑った。

「見せて？」

「あ、やっぱり見られます？」

「もちろん」

ぺっと舌を出すと、あの日と同じようにサトミは大笑いした。

「あっははは、あおーい！」

六年経っても、何がおもしろいのかまったくわからない。

でも、六年経ってもまったく同じことで笑うサトミに、安堵に似た気持ちがあった。

近くのアミューズメントパークで遊んでいるとき、ここに来てようやく不安が浮かんできた。

映画見て、ご飯食べて、ウィンドウショッピングして、ゲームして……これってデートだ。中学生が絵に描いたみたいな、完璧なデートプラン。

サトミはどんな気持ちで、俺といるんだろう？

そりゃあ、多少の好意はあるだろう。嫌いな男と、義務でもないのに二人きりで出かけるなんて女子は絶対にしない（と思っている）。なら、彼氏はいるのだろうか？　いや、いたら男と二人きりでなんか出かけないか、もしくは彼氏の話をしてくるだろう。男友達と恋愛対象の線引きはそこにあると、俺は考えている。

じゃあ、お前はどうなんだよ。

俺の左肩にいる天使が、悪魔のようなささやきを投げかける。お前には、彼女がいるだろう？　なんで女の子と二人で、デートなんかしているんだい？

もやもやっと、カズミの顔が浮かんだ。悲しげな顔をしていた。だがそれも、サトミの笑顔で打ち消される。

あのときの気持ちはどう表せばいいんだろうね。はがしちゃいけないとわかっていながら、ついカサブタをはがしてしまうというか、開けてはいけないと言われているのに気になってしまうパンドラの箱というか。

カズミに対する罪悪感と、サトミと一緒にいることによるスリルと高揚感。それに気づいてしまってからは、なんだか急に楽しさが薄れた。俺は、本当に最悪な男なのかもしれない。冗談抜きでそう思ってしまったのだ。

帰り道、サトミを家に送っていく道すがら。

「なんか、さ……」

サトミがぽつりとつぶやく。

「ん？」

「……ううん、なんでもない。ここまででいいよ。ありがとう」

にこりと笑顔を作って、俺を置いてサトミは帰って行った。

もしかしたら、薄々感づいていたのかもしれない。

次の約束は決めないまま、俺も家に帰ることにした。

それからというもの、俺はちょっとした……いや、かなり末期の病気のようになっていた。どこにいても、誰といても、サトミのことが気になって仕方ない。サトミに電話したい、サトミに会いたくて仕方なかった。

夏が近い。カズミから「旅行、いつ行く?」としきりに聞かれるようになった。そのたびに俺は「ばあちゃんに聞いてみる」と言って、ごまかした。胸が痛かった。

それでも、それ以上に、サトミへの焦がれる想いが強い。ダメだダメだと思いながら、俺は何度もサトミと電話した。直接会わない分罪悪感は薄いが、それだけ物足りない。

まるで海水みたいだ。飲めば飲むほど喉が渇く。そしてその水は、決して飲み干すことはできない。

結局、カズミと会いながらサトミと電話する日々は、七月になった今も続いていた。

その日。久しぶりにイタクラとモリ君が俺の家を占拠していた。イタクラは押入れの中に入り込み「どら焼きを持ってこない限り出ない」とマンガをお供に籠城《ろうじょう》した。モリ君は酒を片手に一方的なマンガ論を語る。……壁に向かって。うっぜーな、なんて思いながら、この三人でいる時間が一番安らいだ。

俺はモリ君の話を聞き流しながら、ずっと悩んでいた。相談するべきか、否か。そもそも俺は、サトミと再会したことすら二人には話してなかった。

本当は聞いてほしかった。今の俺の想いを、きったない部分まで全部さらしてしまいたかった。ただ、その分怖かったんだ。吐き出すことで、二人が俺を見捨てたら? 最低なことをやっている自覚はある。そんな俺を二人は受け入れてくれるのか?

二人が俺の元から去ってしまったら。それを考えるとふるえてしまうほど怖かった。

ちびちびと酒を飲んでいると、急に押入れが開いた。

「のび太くん! 暑い、押入れ暑いよ!!」

「フラウボウは軽い女だよ……！」

各々が勝手にわめく。いつもの光景だった。俺を除いて。

そのときだ。俺の携帯が着信を告げた。

その着メロで、誰がかけてきたのかすぐにわかった。……サトミだ。

一瞬、手が携帯へと伸びるが、直前で止まる。今出たらまずい。そう思って、俺は携帯から目をそらす。

「……出ねぇの？」

イタクラがめざとく気づいた。俺はできるだけ適当に見えるよう、「別に良いよ」と答える。これでごまかせると踏んでいた。だが、イタクラの野生の勘が働いたのだろうか、今日はやけにしつこい。

「出ろよ」

「良いって」

押し問答をしていると、着メロがぴたりと鳴り止む。それでも、着信があったことを告げるライトだけが、まだピカピカと点灯していた。

「誰なんだよ？」

「さあ、誰だろうなー」

「何で出なかった？」

真顔でイタクラが近寄ってくる。じり、と俺が後ずさりするのを見計らって、イタクラが叫ぶ。

「モリ君！」

「おう！」

呼びかけに応じて、モリ君が立ち上がり俺の携帯へと向かう。まずい。俺はとっさに、近くにあったボールペンをモリ君めがけて投げつけた。それはうまい具合にモリ君の手にクリティカルヒット!!

「痛っ！」

「あ、ごめん、手が勝手に」

半分ごまかし、半分本気だ。

次にイタクラが動く。その進行方向に足を突き出すと、それに躓《つまず》いてイタクラがこける。よし、連続攻撃成功、追撃！　顎から転んだイタクラを踏みつけ、俺は携帯をひっつかむと……逃げた。

「おいおい、怪しさ満点じゃねーかお兄さんよ……モリィ！」

「ツイー!!」

ショッカーみたいな声を発しながら、モリ君が突進してくる。俺はそれを避けてベッドの上に逃げ、携帯をポケットにしまう。逃走経路を確認、歩を進めようとした俺の前に今度はイタクラが待ちかまえていた。

「ククク……そいつは四天王の中でも最弱……フクダごときに負けるとは」

「おりゃ」

「我ら四天王のつらよごうわちょやめ」

ポーズを取り謎の呪文を唱えるイタクラの脇腹をくすぐると、奴はその場に崩れ落ちた。こいつは脇腹がめっぽう弱いのだ。

「いや、いやあああ！　らめぇぇぇぇぇ」

「よし！」

イタクラを再起不能にすると、俺は立ち上がり……正面に立ちふさがる敵を見た。モリ君だ。首をゴキリと回しながら殺気を放っている。

あの目は……殺る気だ。

「俺を怒らせたな……見せてやろう、我が奥義を……！」

ゆっくりと、モリ君が鶴の舞を始めた……と思ったら
「確保ぉー!!!」

「うおっ!?」

後ろからあっさりイタクラに捕まってしまった。無念。ついでに易々と携帯を奪取される。

「やめろって！　マジで！　勘弁して!!」

「さて」

うつ伏せに倒され、その背中に座られてしまった俺は手足をバタつかせる程度の抵抗しかできない。

その背に乗っている二人が、かちり、と携帯のフリップを開けた。

ああ……もうダメだ。潮時だ。俺はこれから、この二人に見放されるんだ……。

「……さて、フクダ君」

「これは、誰の番号かな？」

俺は泣きそうになりながら、正直に言った。

「……イシハラ」

「え？」

二人の素っ頓狂な声が上がる。そりゃ、信じられませんよね、普通。

「だから、イシハラ。イシハラサトミ」

「……マジ？」

「マジ。大マジ」

「本当に？」

「本当」

「うっそぉん……」

俺の独白タイムを迎えるため、二人が俺の背から降りた。何故か並んで正座をしていたので、俺も向かいに正座する。

「俺はこの間、イシハラと再会した。そんで……」

それで……。

言いよどみ、俺は一度二人の顔を見て……そらした。二人はじっと俺を見ていた。

言いたくない……でも、言ってしまおう。

これで恋人も親友もなくしたとしても、黙り続けているよりましだ。

「俺は、カズミを裏切って……内緒で、二回イシハラと会った。それで……今も、電話してる」

言い終えた途端、ぼろりと涙があふれた。堰《せき》を切ったように、ってこういうことを言うんだな。俺は泣きじゃくりながら続けた。二人は、黙って話を聞いてくれた。

「俺は！　カズミを裏切ったから、反省して……もう連絡を取らないって、やめようって思った。でも、……でも、できなかったんだ！　やめられなかった……！　俺は最低だよ、カズミも、イシハラも、お前らも裏切って……自分勝手で……怖くて、」

半ば叫びながら、俺は全部全部、話してしまった。そして子供みたいにふるえながら泣いた。情けなくて情けなくて、怖くて、消えてなくなってしまいたくて……その前に、謝りたくて。

「……お前さぁ」

ぽん、と肩に手を置かれる。声の主は、イタクラだった。

「何で俺らに言わないの？」

「……怖かった」

「ん？」

「お前らに、見捨てられるのが、怖かった……」

ぐすぐすと鼻をすすりながら言うと、今度はモリ君が肩にパンチを繰り出す。

「言わない方がムカつくよ」

「今度一人で抱え込んだら、甲子園球場のライトスタンドに巨人帽かぶせて放り込むぞ」

そう言って、笑って、俺は二人に頭をはたかれた。

「フクダ君の好きにすればいいじゃん。フクダ君の人生なんだし」

「そーそ。泣くなよ、バーカ。それくらいのことで俺らから逃げられると思うなよ？」

きったねーな。写真に収めてやろう。なんて馬鹿話を聞きながら、俺は決心した。

ケジメを付けること。

カズミと、別れることを。

翌日は憂鬱《ゆううつ》だった。当たり前だ。大好きな恋人に別れを告げる日に、どうしてハッピーでいられるだろうか。胃が重くて、朝は何も食べられなかった。

電話やメールで伝えられないだろうか。何度も携帯を開いたが、そのたびに閉じた。それだけはダメだ。不誠実にもほどがあるし、カズミを馬鹿にしすぎている。俺は今から、そんな甘えが許されないようなことをしようとしているのだから。

好きと言うより、別れ話の方がずっとつらい。大学へ向かう電車の中で、俺はずっと別れ話のシミュレーションをした。……カズミは、別れてくれるだろうか。あの甘えたで、ちょっと独占欲が強くて、気さくで、面倒見の良いカズミ。ボーイッシュな風貌《ふうぼう》のわりに、誰よりも女の子らしいカズミ。本当はフリフリの服が気になるのに、似合わないからと興味のないふりをするカズミ。

ああ、俺はこんなにもカズミが好きなのに、どうして別れなければいけないんだろう。

でも……もう決めたんだ。

こんな日に限って、昼飯はサークルの仲間と一緒に食べることになった。早くカズミと二人きりになりたい俺は、正直焦れた。でも、俺はカズミと別れたらサークルを抜けるつもりだったので、これが最後の集まりかと思うことで、少しでも楽しもうとつとめる。

どうシミュレートしても、俺とカズミがまた元の良い友人関係に戻れるとは思えなかったから。

昼飯を食べ終え、みんなバラバラに散っていく。今日、カズミは午前の授業だけのはずだ。案の定まだ席に残っている。

「カズミ、行こう」

声をかけると、コクリと頷いて立ち上がる。二人きりになった途端、カズミは黙りこんでしまった。

俺たちは黙ったまま、大学を抜け、駅前まで歩く。公園の前にさしかかったところで、俺は足を止めた。

「ちょっと、……話しない？」

公園のベンチを指さして、カズミに言う。

「……ヤダ」

「カズミ……」

「やだよ……」

カズミは、俺が何を言おうとしているのかわかっていたんだろう。

へこたれそうになる心を叱咤《しった》して、俺は言葉を重ねる。

「頼む、頼むから……話、聞いてくれないか……」

「……知ってるよ」

遠くを見たまま、カズミが言う。

「フクちゃんが、女の人と会ったり、電話してるの……知ってる」

「え……」

俺は、殴られた、と思った。

それほどの衝撃が、その言葉にはあった。

「でもね、それはもう良いの。許すから……」

ようやく、カズミの目が俺をとらえる。やっと目があった。今日、初めて。

「だから……ね？　もう良いの。今まで通り……さ」

ふっと、笑った。細い眉が垂れ下がっている。目に涙がたまって、キラキラと綺麗だった。

「ごめん、バイトの時間だ。もう行かなきゃ。今日夜、フクちゃんち行くね。そのとき、夏休みの旅行の話、しようね！」

携帯で時間を確認すると、カズミはさっと駆けて行ってしまった。俺は一人で、その場に残される。

よくテレビとかで聞くとおり……女は聡《さと》い。馬鹿な男の隠し事など見抜いてしまうのだろう。

気づいていて、カズミは黙っていたのだ。ずっと、耐えていたんだろう。

「今まで通り、か……」

俺がウジウジと自分勝手な悩みを抱えていたとき、カズミは一人で耐えていたんだ。ずっとずっと、一人で抱えこんで、そして、俺にはいつも通りの姿を見せていてくれたんだ。

「ごめんな、カズミ」

俺が言い出したのに。夏に旅行に行こうって。

約束、守れなくて……ごめんな。


どこをどうやって帰ったのか覚えていないが、いつの間にやら俺は自分の部屋で眠っていたようだった。窓の外も、部屋の中も真っ暗だった。

唯一部屋の隅に置かれたテレビが光源になっていたが、人影に阻《はば》まれて明かりはほとんど見えない。

「……来てるなら電気つけろよ」

できるだけ優しい声で、人影――カズミに声をかける。カズミは振り返りもせずに、電気をつけた。

「フクちゃん、寝てたから」

「……ごめん」

「謝らなくて良いよ」

にこりと笑って、俺の隣に座る。

「ねぇ、ちゅう」

ベッドに両手をついて、顔を俺に近づける。広い襟刳《ぐ》りから見える谷間から、目をそらした。

「……ごめん」

応えられない。その言葉に、カズミは下を向く。何も言えなかった。なんて声をかければいいのか、わからなかった。だってカズミはこんなにも俺を想ってくれて……大切にしてくれて。なのに、なんで。

「ねぇ、なんで……？」

俺の心と同じことを、カズミが問う。

「私……なんかした？　なんか、ダメだった……？」

俺は黙って首を振った。カズミにダメなところなんて一つもない。悪いのは俺だけだ。

ぎゅっと、カズミが俺の服を掴む。

「ねぇ……ねぇ、フクちゃん。フクちゃん」

このあだ名で呼ぶのは、カズミだけだった。それも、もう聞き納めだろう。最後に聞くこの名前が、こんな悲しい響きなのはつらいけれど。

カズミが声を上げて泣き出した。カズミは子供みたいに泣く。全身で、力いっぱい。甘えているときやすねているときも、子供みたいな言葉を使う。いつもは明るくて大人っぽくて、モデルみたいに綺麗な姿勢で歩くのに、その実とても子供っぽい。心を許している、証拠なんだろう。

俺はつられて泣きそうになるのを、懸命に押さえ込んだ。俺は泣いちゃいけない。絶対に、泣かない。

カズミの手が、俺の服から離れていく。言わなくちゃ。

「……別れよう」

ひゅっと息を飲む音が聞こえて、またカズミが泣き出す。俺はただひたすら、謝り続けた。

しばらくして、カズミは唐突に立ち上がり、鞄を手に取った。時間は夜の十時を過ぎていた。

「……てやる」

「え？」

「絶対、後悔させてやるから」

アイラインが溶け、真っ赤に腫れた瞳でカズミは宣言した。俺はその言葉をしかと受け止める。胸が、痛んだ。

「……駅まで送るよ」

「いらない」

「でも……」

「いらない。フクちゃんのそういうところ……嫌い」

最後の言葉が、ぐさりと胸に刺さる。

カズミはてきぱきと自分のものを鞄へとしまい始めた。置きっぱなしにしておいた着替えや生活小物、俺が借りていたCD。俺はその作業をそれとなく手伝いながら、もうこの部屋にカズミが来ることはないのだと痛感した。

そしてそれが終わると、何も言わずにカズミは出て行った。

さすがにこの時間、人気のない住宅街を一人で歩かせるのは心配だった。少し間をおいてから、カズミの後を歩く。

カズミは泣いていた。暗がりの中、一人で、泣きながら歩いていた。

カズミの姿が駅の中に消えるのを確認すると、後悔ばかりが胸を満たした。もっと他の道はなかったのだろうか。どこで間違えたんだろう。そればかりを考える。

カズミ、俺は早速後悔してるよ。ざまぁないな。

家に帰る気になれなかった俺は、駅の周辺をぶらぶらと歩いた。近くの公園にさしかかったときに、ふとカズミと花火をしたことを思い出す。真冬の寒い時期だった。そうか、俺はカズミと夏を過ごせなかったんだ……。

二人で何度も映画を観た。何度もお酒を飲んだ。カラオケに行って一晩歌い倒したこともある。初詣に行って、お花見をして……。

次から次へと思い出がよみがえる。動き出したくない、でも、立ち止まっているのはもっといやで、俺は公園の中をぐるぐると歩き回った。ただの不審者だな、と自嘲《じちょう》したところで、サトミを待って駅前でうろついていた、中学生時代を思い出した。

そうだ、サトミだ。俺の中のターニングポイントには、いつもサトミがいた。

カズミに対する後悔に押しつぶされながら、サトミに会いたくて仕方なかった。サトミが、好きだった。別れたその日、まだ数時間も経ってないっていうのに、本当に俺は最低だ。

カズミと別れてから、二日間。俺は家に戻らなかった。


漫画喫茶とバイトを行き来している間、何度かイタクラとモリ君から連絡が入った。俺は一通だけ「カズミと別れることができたぜい！」という強がりメールを送って、あとは無視した。試験が近づくとさすがにやばいと思って家には帰ったものの、何も手が着かなかった。まるで廃人だ。

テストが終わると、待っていましたとばかりに二人が家に押し掛けてきた……酒を持って。

「んでー？　どうだったんですかカズミさんとはよ」

良いように酔いが回った頃、まるでネタ振りのようにイタクラが言う。あえてネタのように振ってきてくれたおかげで、俺はその話題に乗ることができた。突然の酒盛りといい、二人の気持ちには感謝してもしきれない。

「こーの女泣かせが！」

「女を振るなんて百年早いよねー」

「それが許されるのはイケメンだけだよねー？」

「ブサメンで悪かったな！」

「いやいや、男女の中ではよくあることだよ。君は一つ大人になったのさ……」

「僕、少年のままでいたいよ……」

「男はいくつになってもピーターパンなのさ！」

意味がわからない。意味がわからないけれど、その分気持ちが楽だった。気取ることなく、笑うことができた。

「にしてもさ、イシハラさんとフクダ君は、もう奇跡の領域まで来ちゃってるよね」

改まって、モリ君が言う。奇跡なんてフレーズに照れた俺は、「そうかな……？」なんて言ってごまかす。だが
「違うな」

イタクラが、たばこに火をつけながらそれを否定した。

「まだ二回だ。二回目の再会……二回じゃまだ偶然だ。いいか、三回続いて、初めて奇跡なんだよ」

イタクラは真っ向から俺を見据えた。その目は酔っているのか、それとも正気なのか見当がつかない。

「だがな、三回続いたとき、もはやそれは奇跡と呼ばない」

ゆっくりと息を吸って、吐き出す。

「人はそれを……運命と呼ぶ……！」

「君は何を言っているの？」

なんか悦っているようですが。

「なんかムカつく」

「禿同」

モリ君の言葉に激しく同意した俺は、二人がかりでイタクラに殴る蹴るの暴行を加える。

「痛っ、痛い、え、なんで？　俺良いこと言ったよね？　なんで殴られ……痛い！　やめて新しい扉開いちゃう！」

「まあいいや。フクダ君、こんな奴は放っておいて飲み給《たま》えよ。今の君は自由だ！　勢いつけていけ！」

「うん……わかった！」

俺はコップに残っていた酒を一気に飲み下す。

ウジウジしていたってどうしようもない。もう、引き返すことはできないのだ。後ろを向いていたら前には進めない……！


と、いうことで、翌日俺は早速サトミにメールを送った。

【テスト終わった？　俺はいつも通り散々な結果だったので、十月が来るのが怖いです】

正座をして送信ボタンを押すと、足がしびれる前に返信が来る。

【難しかったよー。私も十月が憂鬱です。】

返事が、来た。しばらく電話をしていなかったし、かかってきても出なかったので少し心配だったのだ。きっと試験前だから控えていたのだと、勘違いしているのだろうけど。

大きく息を吸って、一気に吐き出す。緊張していた。久しぶりに、サトミを誘うのだ。断られたら、なんて考えないことにする。前に進むと、決めたのだから。

えいっと通話ボタンを押した。コールの音がするたび、心臓がバクバク鳴るのがわかる。コール音が途切れ、代わりにサトミのやたら明るい声が聞こえた。

『もしもーし』

久しぶりのサトミの声に、あきらかに安らいでいる自分に、笑う。

「ま、たぶん俺の方がイシハラより不安だな」

前置きもなしに、のっけからそう言う。するとサトミは不安げな声で

『え、なんかあったの……？　大丈夫？』

そう言ったので、俺はこけそうになった。

「違う違う、さっきのメールの話だよ！」

『あ、あーっ！　なんだー、どうしたのかと思ったよー』

天然、マジかわいい。

話し始めると止まらなかった。どんどん会話が弾んでいく。楽しくてたまらなくなる。

「なあ、テストお疲れさま会やんね？」

頃合いを見て、そう尋ねると

『良いねぇ、しよっかー！』

とても良いお返事が返ってきたので、俺は小さくガッツポーズを取った。

「いつにする？　今週とか空いてる日ある？」

『んーと……はは、いつでも暇だ』

それはそれでどうなんだ、二十歳の女子として。

まあ俺には好都合なわけですけれど。

「じゃ、急だけど今晩なんていかがでしょう？」

『良いよー！』

場所と時間を決めて、電話を切る。俺は立ち上がり、洗面台の前に来た。そして……

「サトミ、好きだ。……付き合ってくれ」

一人でイメージトレーニングを始めた。どこの中学生だお前は。

ついでに、夕方俺は考え得る最高のおしゃれをした。買ったまま埃をかぶっていた香水なんかもつけてみた。本当、なんか中学の頃思い出すわ。俺必死すぎ。

そして最後に……押入れをあさって、汚くなった菓子の空き缶を取り出した。年賀状と一緒に入っていたそれを取り出す。

あのラブレターだった。もう、色あせるって言葉じゃ生ぬるいくらい色あせた、あの日渡せなかったラブレター。

待ち合わせ場所に着いたのは、三十分前。あの頃より格段に遅く来ることができたよ。なんてラブレターに話しかける。十分早いっつの、と誰かのつっこみが聞こえた気がした。

サトミは待ち合わせの五分前にやってきた。こっちは前より五分遅い。私服は……相変わらずかわいかった。軽やかで柔らかそうな生成《きなり》の服は清潔感があり、長い黒髪を重たく見せない。その足取りや全体の雰囲気も手伝ってか、サトミを見ていると日本のジト暑な夏を忘れさせてくれる。

「早いねー」

「どちらかと言うと早漏なもんで」

「？　そーろー？　何それ？」

サトミさんに下ネタは通じない。俺は適当にごまかして、前に行ったのとは違うダイニングバーへと案内した。

席に着くと、ふふふ、と頬杖をついたサトミが意地悪な笑顔をした。

「フクダ君って、結構良いお店知ってるよね」

「ま、俺も大人になったってことですよ」

負けじと、俺もふふんと笑って返す。

「こーいうお店で、女の子口説いたりしてるんでしょ。結構泣かしてるんじゃないのー？」

「え、えええええ」

サトミの言葉がちくちくと心に刺さる。いや、ザックザクと言い換えても良い。初っぱなからサトミ無双だった。

「フクダ君モテるもんねー？」

「いやいや、どこのフクダ君の話ですかそれ。モテねーって」

「うっそだー！　ほらほら、どんだけ女の子を泣かせたのか、おねーさんに教えなさーい」

酒も入ってないのにすごいテンションだった。ツンツン、と手をつつかれて、些細《ささい》なスキンシップにドキドキする。

「そういうイシハラはどうなんだよ。お前こそモテるだろ」

勢いに乗せて、カウンターを放つ。さあ、どうなんだよサトミ？

「私ー？　私はねー……なーいしょっ」

「お前ねっ。殴るぞ」

サトミはそれ以上話す気がないようだった。もう少し聞き出すことはできただろうけれど、やめた。聞きたくなかったのかもしれない。結局成長してないよね、本当。

気がつくと、すでに時計は十時を回っていた。なんとなくまだ帰りたくなかった俺は、サトミをカラオケに誘うことにした。

「全然話したりねーや。なあ、朝まで平気？　カラオケとか行かね？」

「えっ、もうそんな時間？」

「まだ十時だけど、そろそろ店出た方が良いかなって」

バーの営業は十一時まで。そろそろラストオーダーの時間だった。

「んー、カラオケに行くにはちょっと微妙かも……」

「そうか？」

「その日のうちに帰らないと、お父さんに叱られちゃう」

「大学生にもなって!?　厳しいなー。お前はシンデレラか！」

「そうそう！　ありえないよね！」

今までもいろいろと不満があったらしく、駅までの間はその話で盛り上がった。

混み合った電車を降りて、サトミの家までゆっくり歩く。俺の家からサトミの家までは、だいたい一時間半の距離。中学生のときは途方もなく遠く感じたその距離は、今はこんなにも短い。横を歩くサトミの顔は、昔よりだいぶ下に離れてしまったけど、横の距離はぐっと近づいていた。

まだ時間があるから、と近くの公園で話し込む。住宅街の真ん中に作られた公園からは、空がよく見えた。高二のとき、海で星空を見たよね、と言うと、カニばかり追いかけていた気がする、と笑う。まあ、全部ゴキブリだったけどね。

話はつきない。この時間が、永遠に続きそうに思えた。虫の声もさざ波も聞こえないけど、星空はあの日とこんなにも変わらない。

俺はポケットを探り、ラブレターに指先で触れた。

「……あ、フクダ君、時間大丈夫？　電車あるの？」

ふと腕時計を見たサトミが、心配そうに俺の顔を覗き込んでくる。その仕草が、にやけてしまうくらいべらぼうにかわいい。俺はぐっと表情筋に力を入れて
「大丈夫大丈夫、最悪イシハラんちに泊まるし」

にっと笑った。よし、ごまかせたはずだ。

「お父さんの隣で寝る？」

「それはご遠慮したい」

夜の公園に、二人の笑い声が響く。でも、そろそろタイムリミットなんだな。

うーん、とサトミが大きく伸びをした。つい、目が反らされたおっぱいへと向く。……体型を隠すようなふわっとした服を着ているから気づきにくいが、サトミも結構、胸あるな……。

「あー、なんかフクダ君って落ち着く！」

そう言って、俺の顔を見た。

「え、」

「なんかさ、……ほっとするんだよね」

何これ……告白？

よくよく考えれば……いや、考えなくても、これって最高のシチュエーションじゃね？　夏の星空の下、男女が二人きりで公園に……胸のドキドキが、ヤバい。

まるであの夏の日に戻ったみたいだ。

「実は、ね……」

口を開こうとした俺を遮るように、サトミがまっすぐこちらを見ながら話し始める。何故だろう、いやな予感しかしない。

「フクダ君と再会したの、彼氏と別れた直後だったんだよね」

素直に、俺はへこんだ。皆まで言うな、これまで俺が疑問に思ったこと全部、それで説明が付いた気がする。

「だからね、あの日フクダ君に会えて、いろいろ二人でしゃべって、すっごく楽になったんだ」

「ソ、ソッカ、ソレハヨカッタナー」

意図せず、言葉が棒読みになった。しかしサトミは気づかないのか気にしていないのか、

「ありがとね、フクダ君。フクダ君のおかげで、なんかすっきりした」

そう言って、とびきりの笑顔を見せてくれた。

俺は微笑み返すと、空を見上げた。さすがに地方と言っても都市部。ばあちゃんちみたいにはっきりとは見えない。それでも、十分綺麗だと思った。

……さて、ここから俺はどうするべきでしょうか。ライフライン、オーディエンスで、とか言い出したい。ファイナルアンサーなんて出せません。

これ、チャンスなんですか？　それとも牽制《けんせい》されたんですか？　どっちなんです？

混乱した俺は、トチ狂ったかのようにタイミングもクソもないような、まさに勢いだけで、言った。

「俺、イシハラが好きだ。俺はお前が、好きなんだよ……！」

意味がわからない。意味がわからない。意味がわからないよ俺!?

言った本人も意味不明なのだ、もちろんサトミは目をぱちくりさせていた。今にもパードゥン？とか言いそう。いや言わないか、サトミは。

後に引けなくなった俺は、もうやけくそだった。

「実は俺、この間まで彼女がいたんだ。でも、別れた。イシハラと再会したから……。俺はお前が好きなんだよ、ずっと好きだった。たぶん、最初にお前が消しゴム半分くれたときから、ずっと、ずっと……！」

一気にまくし立てる。はあ、もう本当、俺キモい……！　穴があったら入りたい。そして埋めてほしい。

サトミは何度かぱちぱちと瞬きした後、ようやく口を開いた。

「……消しゴム？」

「そう、授業のとき、半分くれただろ」

「……ああ！　あったね、本当に最初の頃！　すごい、よく覚えてるねー！」

ひとしばらく、サトミは笑っていた。だんだんその声は小さくなっていって、お互いに黙り込んでしまう。わけのわからない告白をした俺は、もう何を言っていいのかわからなくなっていた。日本語でおk。ボキャブラリーが来い。

「……ありがとう」

ぽつりと、サトミがつぶやく。俺は、「どういたしまして」なんてボケた返事をしてしまった。サトミがその一言に笑い、言葉を続ける。

「ねえ、どこが良いの？　こんな変な女」

「……全部」

「うそ」

くすくす笑って、目を伏せる。前の彼氏になんか言われたのかな、となんとなく思った。

「考えてみたら、三年前の返事もしてないままなんだね、私」

「そう、だな」

「ごめんね。ずっと返事しないで」

「いや、それは……幽霊が電話に出てたんなら、仕方ないだろ」

ははは、と乾いた笑いが響いて、そして
「……ごめんなさい」

ずん、と胃のあたりが重くなる。ああ、やっぱりそうですか。薄々気づいていましたけどね……。

本当にオッケーなら、三年前になんとしてでも連絡してきますよね……。

「今は……考えられない。彼氏と別れたばっかりだし、……フクダ君は、ずっと友達として見ていたから……」

「……うん、そっか」

「でもね」

サトミが顔を上げた。暗がりでよく見えなかったけど、ちょっと頬が赤いように見えた。

「今は少し……違う、かも？」

人差し指を顎に当てて、こてりと首をかしげる。

「それは……脈アリ、ってこと？」

「うーん、なんか……うーん……」

ないのか。うんうん唸るサトミ。時計を見ると、日付が変わろうとしていた。

「……帰ろっか」

「うーん……」

「いいから、ほら」

考え込むサトミを立たせて、公園から歩き出す。

持っていたカードは全部出した。結果は、惨敗に限りなく近い負けだ。でも、改めて想いを伝えられたし、きちんと返事ももらった。これで、満足——なわけないですよね、うん。

もーやだ、最悪。意味わかんね。無理。

サトミの家が見え始めたところで、俺は立ち止まった。

「フクダ君？」

サトミが怪訝な目で俺を見る。俺は唐突に、携帯電話を取り出した。

「知ってた？」

「うん？」

「俺らってさ、二回も偶然の再会をしてるよな」

「……そう、だね」

アドレス帳を開き、下へスクロールする。

「もし、これで……三回、偶然が重なったら、……奇跡、だよな……？」

「……」

五十音順に並べられた名前の中、イシハラの文字はすぐに見つかった。

「それって、なんて言うか、知ってる？」

「……何？」

イシハラサトミ。そのページである操作をすると、まるで印籠《いんろう》のごとく画面をサトミに見せつける。

「それはさ——運命って、言うんだよ！」

そして俺は、ボタンを押した。「本当に削除しますか？」の画面の、ＹＥＳを選択して——!!

「俺はもう一度お前に再会する！　それが何年、いや、何十年かかるかは知らん。……けど、絶対にもう一度……再会する！」

絶対、絶対に、見つけ出してやる。「消去しました」の文字が表示された携帯を、ポケットへしまい込んだ。

「このままなら、たぶん俺はイシハラと友達として過ごせると思う。それはそれで幸せかもしれない。けど、俺は……俺はイシハラの恋人になりたいんだよ！　俺の勝手な願望だけどな！」

俺は異様に興奮していた。興奮しすぎて、涙が滲《にじ》む。うわ、俺かっこわる……！

「だから……俺は絶対、もう一度お前を探し出す！　運命なんて自分で作ってやる！」

言い切った、言ってやった！

そのとき、俺はこれ以上ないほどの清々《すがすが》しさを感じていた。ああ、俺馬鹿だったんだ。うん、いいや、馬鹿で……今俺、すごいすっきりしてる。

宣言を終えた余韻に浸っていると、サトミの小さな笑いが耳に届いた。

「……笑うなよ」

「ごめん、違うの……ちょっと、グッと来ちゃって……」

「えっ、マジ？　マジで??」

「あははは、今ので台無し！」

「ひってぇ」

サトミが、すっげぇ、幸せそうな顔で笑う。

「本当に、それでいいんだね」

「うん」

「そっか、わかった。じゃあ、私も」

少し寂しそうな声に、救われた。寂しいと思ってもらえたんだってことが、俺の自信につながる。

サトミは携帯を取り出すと、俺の前で、俺のメモリーを消去した。ああ、これ、結構へこむな。勢いでやっちまったけど、サトミを傷つけなかったかと、今更思う。

「これで、良い？」

「別に、お前は消さなくても……」

「え？」

「あ、いや、それで良いです」

「なんか、すごいね」

くるくると携帯をもてあそびながら、サトミの瞳が、俺を射抜く。

「じゃあ、またいつか」

サトミが手を差し出す。本当ならキスでもしたいところだったが、そううまくはいかない。

「ああ、また、いつか」

手を握って、握手を交わす。じっと見つめ合った後、俺は背中を向けて歩き出した。

……が、俺はすぐに引き返した。

「ごめん、……あのさ、この辺、もういっこ最寄り駅あるよね？　それ、どっち？」

「フクダ君……ちょ、かっこわるい」

俺があまりに情けない顔をしていたのか、サトミはツボに入ってしまったらしくしばらく笑い続けていた。俺、本当最悪。


こうして、俺たちは三度離ればなれになった。サマー、イズ……って、もうしつこいか。夏は出会いと別れの季節なのです。

結局は俺の意地だったんだけどね。

今回の出会いで、俺は初めての彼女を失った。だけどその分、少し大人になれた気もするよ。気恥ずかしいけど、「誇り」みたいなものも持てたのかもしれない。


これにて、俺の学生時代のお話はおしまい。さて、皆さんだいたい予想はついているな？

じゃあ、ご一緒に。

スクールデイズ、アー、オーバー。「are」ってなんか間抜けだね。

I'm falling for a girl who gave me
"KESHI-GOMU".
Authors:FUKUDA(w),sigawatari Illustration:sime

第四章　社会人編1

どんなに特殊なものでも、毎日のように見続けていればそのうち見慣れてくる。そして気がつくとその特殊性をすっかりと忘れてしまうものだ。

だからなんだ、って話なんだけど……。

「せぇんぱぁ～い、なんで俺、っ営業とか、って、できないんすかねぇ～」

「馬鹿だからじゃないかな」

「いくら説明しても、いえ、むしろ説明すればするほど首をかしげてしまって……あれ以上どう説明すれば……」

「それはね、お前が難しい言葉を使いすぎなんだよ」

今俺は、若干泣きが入った藤原竜也似の後輩と、くっそまじめな顔したマッケンそっくりな後輩（女子）に挟まれて酒を飲んでいた。あ、マッケンってあれね、サンバとか歌って踊っちゃう方ね。宇宙人になったりいすの上にヤンキー座りした俳優じゃなくて。

なんだこの濃いメンツ……。どっちを見ても顔がうるさい。

俺は改めて自分の部下の面の特殊さを思い知り、ため息をついた。

改めまして。

強いて言うならチュートリアルの福田に似ている地味面、フクダです。いや、俺が特別地味なんじゃなくて、周りが濃すぎるだけなのだと信じたい。

大学を卒業し、社会人になって気がつけば三年が経過していた。俺は地元を離れ、東京にある中堅のビル清掃・メンテナンス管理会社に就職した。そして主任になっていた。

どれだけ俺が優秀だったかを話すと、土日の呼び出しにも快く応じ、深夜に及ぶ接待接客なんのその、人手が足りなければ積極的に作業を手伝うし、現場にも入る。そのうえ暦《こよみ》以外の休みは取っていない。まあ、恋人もいない独り身なので、家にいてもやることがなかっただけ、というのがネタバラシなのだけど。

ついでに、この仕事は忙しいときは寝る間もないくらい忙しいため、離職率がハンパなく高かった。先輩と呼んだ人は次々と辞めていった。こんな就業環境なのだ、そりゃまじめに働いてりゃ主任にくらいすぐなれるってものだ。

正直に言うよ。俺はその街で、ボッチだったんだ。

サトミとは再会できない。ついでに、イタクラとモリ君は地元で就職していた。職場から地元までは新幹線で二時間くらいの距離がある。昔みたいに、気軽に飲みにいける距離ではなかった。

カズミと別れた後、俺は当初の予定通りサークルを抜けたので、あの二人以外に友人と呼べる人もいない。会社の人たちは先述の通り出入りが激しいうえ、みんなそれぞれに忙しいため飲みにも誘えない。そもそも俺は酒がまったく飲めないので、仲の良い……というか、あの二人以外と飲みに行ける気がしなかった。飲ミュニケーション？　すぐ吐いちゃうんで無理です。

つまるところ、俺は仕事以外にすることがなかったんだ。地元から離れてしまった以上、この街で偶然サトミと再会……というのも妄想の中でしか成し得そうにない。それでも、営業の外回りをしているときはいつもサトミの姿を探していた。三度目の偶然……いや、奇跡を、俺はいっさいの疑いもなく信じていたんだ。

さて、就職三年目。主任になった俺に、初めての部下ができた。それが先に紹介したタツヤ（男）と、マツダイラ（女）だ。

タツヤは甘いマスクのイケメンだった。嫌悪を感じない程度に抜いた茶髪がよく似合っている。いわゆる「かわいい系」男子だが、いかんせんヘタレだった。これが話題の草食系か、と思ったが、すぐにその印象は訂正される。こいつは……小動物系だ。特に焦っているときの様子がチワワそっくりだった。頭は悪くないのだろうけれど、いかんせんボケが多い。天然なの？　男の天然が許されるのは小学生までだよねー？　いや、素直で良い子なんだけどさ。決して悪い子ではないのだけど。

対してマツダイラは、竹をスパーンッと割ったような奴だった。いや、割るような奴だった。キリッとした眉、意志の強そうな瞳、真一文に結ばれた唇……その顔、まさに松平健。サンバよりはタンゴが似合いそうだったけど。物覚えがとても良く、どんな場面でも物怖《お》じしないし、ハキハキと受け答えができる。正直に思った。男だったら良かったのに、と。この業界は特に体力勝負なところがあったので、つぶれないように気を遣ってやらないといけないな、と頭の隅にメモをする。男のつもりで使わないように気をつけなければ。たとえ顔がマツケンでも。

そんな顔も性格も濃い連中に囲まれて、俺の主任生活はスタートした。

青葉の頃にはだんだん新人二人の癖がわかり始め、案外マツダイラも面倒な性格だと気づく。土日の出勤が嫌とか、そういう仕事なのだからわがまま言わないでほしい。休日出勤手当？　何それおいしい？　逆に、タツヤは面倒なことでも率先して引き受けてくれる、気のいい奴だということもわかった。この凸凹コンビがうまくはまると俺の手間も減るんだけどな。二人を足して二で割りたい。二人に顧客を持たせ、フォローしながらそれぞれうまく作業が回るようになってきた頃の話だ。

　マツダイラが、とんだヘマをした。


「ほんっとうに申し訳ありませんでしたっ!!」

　俺は声を張り上げ、腰が悲鳴を上げそうなほどの勢いで頭を下げた。隣でタツヤがおろおろしながら、俺に倣《なら》って頭を下げる。

「あまり大きな声を出さないでくれよ、外に聞こえるだろ！」

「はいっ、では残りは今夜続きをさせていただきます！　失礼いたします!!」

　寝不足のせいか、頭を上げたとき軽い立ちくらみがした。あ、やばい。ちょっとこれは危ないかもしれない。店を出てから、俺はタツヤにキーを渡し、車を取ってくるように伝える。うめき声を出しながら大きく伸びをすると、携帯が着信を告げた。マツダイラだった。

「……もしもし」

『お疲れさまです。先ほど事務の方から連絡をいただきまして……。昨日、誰も現場に入っていなかったと聞きましたが……』

　そうなのだ。

　今朝《けさ》、夜通しの作業の立ち会いに参加した俺は、仮眠すら取らずに出社した。報告書を作っていた俺の元に、一本の電話が入った――クレームだ。マツダイラの担当していた店舗の、昨夜行われるはずだった清掃が……今朝になっても済んでいない、というものだった。

今日オープニングセレモニーを行う予定だったオーナーは、かなりご立腹だった。当たり前だ。綺麗になって門出《かどで》を迎えるはずだった自慢の城が、いまだ工事後のままだったのだから。

俺は手が空いている社内の作業員をかき集め、ついでにタイミング良く出社したタツヤを連れて、とりあえずセレモニーに使うメインホールの清掃だけを終わらせた。マツダイラは取引先に直行だったため、捕まらなかったのだ。

『昨夜作業を行うはずだった業者には、なんと伝えれば良いでしょうか？』

電話口でも、変わらずハキハキした物言いだ。まあそれはいい。あいつの長所だ。だけどな。

「まずは『すみません』だろうが!!!」

俺はキレた。イタクラとモリ君以外にキレたことのない、この俺がだ。

なんでこいつは謝らないわけ？　おかしくね？　これ誰のミスだよ??

俺の渾身《こんしん》の怒りは、しかし彼女にはちゃんと届いていなかったようだ。

『え？　業者に対してですか？　ですが今回の件はむこうが……』

「違ぇっつの……まあいいや。お前今どこにいる？」

『もうすぐ会社ですが』

「わかった。じゃあ待っとけ。俺もすぐ戻るから」

マツダイラの返事を聞かずに、俺は電話を切った。もう疲れた……昨日も寝てないっつーのに。叫んだのも手伝って、ちょっとした酸欠みたいになっていた。

「先輩、お待たせしました。……大丈夫っすか？　顔、真っ青ですよ？」

「あー、うん。大丈夫。久々に怒鳴って疲れただけ」

ガードレールに寄りかかっていると、車が目の前で止まった。綺麗な縦列駐車。こいつ、車の扱いうまいよな。

「……マツダイラさんですか」

「うん、まあね」

へらっと笑って、俺は運転席に回ろうとした、が、タツヤに止められる。

「俺運転しますから、フクダさん助手席乗ってください。会社まで少し寝た方が良いですよ」

ああ……この子めっちゃ良い子だわ……。今の状態でまともな運転ができる気はしなかったので、すごく助かった。

「お言葉に甘えるよ……。本当、今日はありがとな。悪かったな、急に現場に入ってもらって」

「あ、大丈夫っす。……フクダさん、昨日も立ち会いでしたよね。大丈夫っすか？」

しかもここまで一度も文句を言わない。本当に……本当に良い子だわタツヤ君。

「かれこれ三十時間近く起きてるわー……悪い、会社ついたら、起こし、て」

シートに座ると、とたんに眠気がおそってくる。了解です、というタツヤの声を最後に、俺はすとんと眠りに落ちていった。

数十分とは言え、車の中での睡眠はかなり効いた。おかげで俺は、わりとすっきりした頭で修羅場を迎えることができた。……これがなかったらもっと良かったんだけど。

扉を開けると、課長の前でマツダイラが言い訳をしているところだった。

「ですから、私はきちんと事前にＦＡＸで連絡を入れました。業者の方が一日日付を間違えていたようで……あ、フクダさん」

「……戻りました」

「おう、お疲れ。先方はなんて？」

課長は俺の姿を確認すると、マツダイラから体ごと視線をはずして俺と向かい合った。手元にはこねくり回されたストローの紙袋があった。イライラしているときの、課長の癖だ。

「はい、ひとまずホール部分の清掃だけ済ませて、残りは今夜ということで納得していただけました。今夜の立ち会いは自分とマツダイラの二人で入ります。業者の処分については……また後ほど相談させてください」

「こっちにも非があったとは言え、それなりのペナルティは出して良いだろうな。裁量は任せる」

「ありがとうございます。……マツダイラ」

「はい」

「とりあえず、みんなに謝っておけ」

見た限り、こいつはまだ一言も謝罪を述べていない。自分に非などないと思っているんだろう。

「え……？　しかし、この件は業者が……」

腑《ふ》に落ちないという顔。プチッと、血管が切れる音がした。

「……あのさ、お前なんで昨日立ち会い行ってないの？」

「え……」

「言ったよな、俺。下請け業者に頼むときは、立ち会っておけと」

社内の作業員ならいざ知らず、他会社への依頼は連絡ミスや作業内容の反故《ほご》、その他諸々の問題が起きないよう念には念を入れろと、口を酸っぱくして言ったはずだった。

「自分のするべきことをせずに、業者ばかり責めてんじゃねーぞ!!　第一、お前が立ち会っていれば昨晩のうちになんとでもできただろうが!!!」

俺は初めて、上司らしく叱ってみた。でも、慣れないことをするもんじゃないね。変な緊張で心臓がバクバクする。意識して大きく呼吸をすることで、乱れた息を静めた。

「……っ、」

急に怒鳴られたことで驚いたのだろうか、マツダイラが視線をそらす。そして……下を向いてとう泣き出した。男前な表情が崩れていく。泣き顔はそれなりに女の子らしいなと、どこか遠くの方で思った。……パーツはマッケンだけど。

ふと周りを見ると、課長は何事もなかったかのように電話をしているし、他の人たちも黙って仕事に戻っていた。

目線を戻して、俺は慌てた。マツダイラが泣きやむ気配を見せなかったからだ。むしろ悪化して、声を上げて泣きじゃくり始めた。自分のせいとはいえ、否、自分のせいだからこそ、優しい言葉をかけるのも違うし、だからといって放って置くわけにもいかない。人としても、社会人としても。なんせ場所は課長のデスクの真横なのだ。

え、これどうすりゃいいの？

「あ、あの……」

おろおろしていると、今まで存在を忘れていたタツヤがそっと俺の肩を叩いた。

「その、俺が……」

それだけ言って、タツヤがマツダイラを連れて部屋を出ていく。初めてあいつが非常に頼りに見えた瞬間だった。女の扱いに慣れてるんだろうな。あの顔だしな。

その夜、俺とマツダイラは先ほどの店舗へと向かった。謝罪と、交渉と、立ち会いのために。

とにかく眠かった。車の運転もそうだが、これからちゃんと客と交渉できるのか不安だった。

不安材料はもう一つ。助手席に座るマツダイラだ。俺が怒鳴ってから、こいつの声は「はい」という返事以外聞いていない。眠くてしゃべるのもおっくうだったので、そういう意味では助かったといえば助かったのだけど。

無事に交渉が済み、立ち会いも終えて帰路についたのは、翌朝四時を回った頃だった。マツダイラを家まで送ると、車を降りた彼女は深々と頭を下げた。

「申し訳、ありませんでした……」

「ま、こんなこともあるさ。あんまり気にすんな。でも、立ち会いだけは絶対に、な？」

素直に謝っただけでも上等だ、と、俺はできる限り優しく応えた。……断じて早く家に帰りたかったわけではないぞ。確かに眠かったけど。

「はい。ご迷惑おかけしました」

「明日……もう今日か。重要な用事がないようなら休めよ」

「はい」

「じゃ、お疲れ」

軽く手を振ってから、車を走らせる。サイドミラーには、頭を下げたマツダイラの姿が角を曲がるまで映っていた。

さー俺も休むか、というわけにはいかない。今日は大事な商談が入っていた。家に着くと、俺は風呂に入って汗を流し、目覚ましを四つセットして眠りにつく。正味三時間の睡眠から目覚めると、着替えを済ませてさっさか会社へ向かう。

「おはようございまー……あれ？」

「おはようございます、フクダさん」

扉を開けて、俺は目を見開いた。マツダイラがいたのだ。まさか来ているとは思わなかった。

「どうした？」

「いえ、やることがありましたので……。それと、フクダさん、今日の商談に同行させていただいても良いですか？　勉強させてほしいんです」

意志の強い、きらきらした目がじっと見てくる。平日の平均睡眠時間が四時間いくかどうかの生活には、まぶしすぎる瞳だ。

でも、純粋にうれしかった。あんなことがあったのに、マツダイラは前向きに仕事に取り組もうとしてくれる。そのうえ、勉強したいと言ってくれた。向上心も出てきたようだ。

良いよ、と答えようとしたら、隣に座っていたタツヤが挙手しつつ立ち上がった。

「あ、俺も行きたいです！」

「いや、それは多すぎるだろ！」

漫才のようにタツヤへとつっこみを入れる。部下が少しずつモチベーションを上げてくれる。楽しかった。ただがむしゃらに、一人で仕事をしていた二年間が嘘みたいだ。


話は冒頭に戻る。その日、うちの会社は飲み会があった。珍しく。大変珍しく。

何故そこまで珍しいかというと、何度も言うようにうちの会社は死ぬほど忙しい。ついでに、不思議なほど酒を好む人がいなかった（俺としてはありがたかったけど）。

うまい具合にみんなの予定が合いそうだし、新人も入ったし、そんな気分だし？　みたいなノリで、本日宴会と相成ったわけだ。といっても、みんな飲まないのでひたすら飯を食らう会なんだけどね。

そんななか、タツヤはかなり酒が強いらしく、一人でビール瓶を空けて拍手を要求していた。飲むとさらにめんどくさい性格のようだった。気のいい数人の社員がまばらな拍手を送ると、タツヤは得意げな顔で俺の横に戻ってきた。

「へっへへー。俺、結構やるでしょ」

「その勢いを仕事に生かせよ」

「フクダ先輩ひどい……！　俺、一生懸命働いてるのに……！」

俺の言葉にへこんだのか、泣くふりをしながらタツヤは日本酒を注文した。おい、あまり調子に乗るな。

「お疲れさまです」

ビール瓶を持ったマツダイラが、俺の隣にすっと座る。社内で数少ない女子なので、気を遣ってお酌をして回っているようだ。瓶をちょっと持ち上げてきたので、俺はグラスに残っていたビールを飲み干し、マツダイラに差し出す。開けたばかりのビール瓶から、冷えたビールが注がれる。

「ありがと。あんま気にしなくていいからな？　適当で」

「はい。ありがとうございます」

最近、マツダイラはよく笑顔を見せるようになってきた。土日も嫌がらずに仕事をするようになったし、何より責任感というものが出てきたようだ。少しずつだけど、そういった成長がうれしい。

「あ、マツダイラー！　俺にもビールちょうだい」

「飲み過ぎじゃないですか？」

酔ったタツヤがマツダイラに絡《から》む。正直、こんな日が来るとは思わなかったな……。なんて微笑ましく思いながら、タツヤの襟を引っ張ってマツダイラから引き離した。タツヤは不服そうに、今度は焼酎を注文し始める。だから調子に乗るなと何度言えば。

いい時間になってきて、宴もたけなわ。さらに珍しい現象は続いた。

これは……二次会の流れか……!?

「フクダさんは、二次会行かれます？」

酔っているのか、いつもよりゆるんだ表情でマツダイラが尋《たず》ねる。俺はげんなりしながら答えた。

「まあ、部長が行くなら行かないとな……」

一次会で終わりだろうと高をくくっていたため、すでに結構飲んでしまっていた。どう考えてもオールのコースだよな、これ。肺の空気を全部押し出すくらいのため息をつくと、隣で違う意味合いのため息が聞こえた。

「じゃあ、私も行こうかな……」

うん？　これ、前もどこかで聞いたことあるぞ？

「いや、無理に行かなくても良いよ。たぶんスナックかキャバクラだし。女子は行きにくいだろ？」

「いいんです。行きたいから行くんですから」

そう言って、俺の顔を見上げた。

この言動に、久しぶりに俺の病気が再発したわけですよ。

これは……おいおい、まさかだろ？　こいつ……俺に気があるんじゃねーの!?

あ、すごい懐かしい。このフレーズ、何年ぶりだろう。

「僕も行きますぅ～」

調子に乗って焼酎をおかわりしたタツヤが高らかに宣言する。明らかに酔った顔をしていたので心配だったが、足取りはしっかりしていたので止めなくても良いだろう。酒に強いのは本当らしい。

「お前は良いけど、確実に課長の説教が待ってるぞ」

「えぇ～」

「お前は、ということは、私はダメなんですか？」

マツダイラがしつこく食いついてくる。確実に帰りが遅くなるし、女の子がキャバクラに来ちゃいけません！　なんて決まりはないけれど、やっぱり男連中は気にするんだよ。という旨の話を懇々《こんこん》としてやると、ようやく納得してくれたのか一次会で帰って行った。

キャバクラ、カラオケスナックと梯子《はしご》をして、俺とタツヤは始発電車に乗り込んだ。呼び出しさえなければ今日は休みの予定だ。徹夜は慣れているとはいえ、上司に気を遣いながらの夜明かしは普段以上に疲労を感じる。

駅で買った水を口に含むようにゆっくり飲みながら、ガラガラの車内で昇り始めた朝日をぼんやり眺めていた。

「……フクダさん」

「なんだよ？」

「マツダイラなんですけど……」

スナックで飲まされすぎて、さっきまで青い顔をしていたタツヤが細い声で話しかけてきた。酒が飲めるのも考えものだな。

「最近、よくしゃべるようになったんですけど……たぶん、フクダさんのこと好きっすよ」

「んぐっ!?」

突然の言葉に、飲みかけていた水が変なところに入った。酒ヤケした喉にこれはキツい！　俺はしばらく体を折り曲げてむせた。

「だ、大丈夫っすか」

タツヤはマジびびりしたのか、眉を最大限までハの字に垂らして背中をさすってくれた。

「おま、いきなり変なこと、言うなっつの」

「すみません……あれ、でもこれだけ反応するってことはもしや」

「いや、ないわ」

「マジすか」

むせたせいだけではなく、俺の心臓は動揺でドキドキしていた。やっぱり、お前もそう思うのか、タツヤ君よ……。俺の勘違いではなかったのか。

「つか、よく話すんだ？」

「話しますよー。あのときに腹割って話してから、ちょいちょい飲みにも行きますし。マツダイラ、結構尽くすタイプだと思いますよ？」

「そういえばお前、あいつのこといつの間にか呼び捨てにしてたな……」

二人が仲良くなったのは、マツダイラがミスをして泣き出したときからなのだろう。そういえば、お互いの仕事内容について、何度か意見交換のようなことをしているのを見かけたことがあった。

チクッと、胸の中に小さな痛みが走る。

……ん？　なんだこれ。後輩二人が仲良くしてるって話を聞いて、なんで胸が痛むんだ？

これ……まさか……。

心がざわつく。嫌だ、まだこの感情に、名前を付けたくない……！

「いやっ、悪いけどないわ！　部下としてしか見てねーし、むしろ成長を楽しむ親の心境みたいな？」

「ははは、フクダさん、お父さんみたいですもんねー」

「待て、それは聞き捨てならん」

しばらくじゃれ合うように（男二人でじゃれ合うとかないわ）話して、それぞれの駅で降りていった。タツヤ、結構しゃべりやすい奴なんだよね。落ち着くというか。

まだ朝方だというのに、じわじわと湿気を伴った暑さが昇ってくる。そろそろ梅雨だな。俺はラジオ体操の締めみたいな深呼吸をして、余計な雑念を息と一緒に吐き出した。


カビが恐ろしい梅雨が明けて、暗い色のスーツが憎たらしくなる夏がやってきた。

お上がいくらクール何チャラがどうのこうのとオサレなシャツの消費を押しつけてきても、営業職とスーツはそれしきのことで離れられる仲ではない。可能ならこっちから三行半《みくだりはん》を突きつけてやりたいくらいだけどね。温度計が三十五度を表示しようと、イッテキマスからタダイマまでをともに過ごす生活は変わらないのだ。

あの飲み会の夜から、ちょいちょいまた妄想をするようになった。部下たちの仕事も落ち着いてきて、仕事と気持ちに余裕が出てきた表れなのだろう。

出てきたのは、予想通りマツダイラだった。

ああいうタイプも……結構良いんじゃないかな、なんて。ここ数ヶ月でずいぶん融通《ゆうずう》も利くようになってきたし、デレも見せてくるようになった。調教したいと言うと語弊があるが、俺色に染めたい、みたいな支配欲をそそる。だって叩けば叩いた分だけ響く鐘みたいな奴なんだ。たぶん、付き合い方次第で、色気むんむんの大人の女から三つ指ついてお出迎えする良妻賢母まで振り幅が出ると思う。

……うん、ごめん、光源氏計画を夢見た時代もあったんだよ。

まあ顔はマツケンなんだけどね。

きっと俺は、人恋しくなっていたんだと思う。地元を離れ、友人はおらず、恋愛は五年もご無沙汰。そして……サトミにも、まだ会えない。

現場に向かう車の中から、深夜の街を眺める。目の前の横断歩道を歩くＯＬがサトミだったら良いのに……。でも、特定の人と偶然ばったり出会うには、東京の街は広すぎた。

目的のビルに到着し、駐車場に車を止める。バックミラーを見ながらネクタイを締め直し、ジャケットを羽織ってドアを開けた。とたんに、湿気を大量に含んだ空気が、むっと車内に入り込んでくる。あー、出たくない……。昨今の異常気象による猛暑は、日付が変わろうという時間帯にまで影響を与えているようだ。夜勤ご苦労様です、とっとと帰れ赤道直下あたりに。

がらんとした駐車場に違和感を覚え、あたりを見渡す。……おや、見覚えのある車がないぞ……？額にいやーな汗が伝う。もしかして、ねえ、まさか。

「つだー、マジでいねーや」

現場に到着するも、予想通り作業員は来ていなかった。社の作業員だったので、油断……いや、信用、していたんだけどな、うん。とりあえず控えてあったそいつの携帯に電話をかけるも、丁寧な女性アナウンスが「電波の届かないところにいる」と告げるのみ。うん、アイツはもうクビだな。こんな真夜中に——しかも仕事があるというのに——電波の届かない場所に好き好んで行く奴の気が知れない。

今日の作業はそれほど大変なものではない。実際、呼んでいた作業員は一人だし、技術はあるので俺でも作業はできる。スーツで作業するのはちょっと遠慮したかったけど。

だが、道具がまったくなかった。俺は立ち会いに来ただけなのでほぼ手ぶらに近い。

さて、どうしたものか。

ダメ元でもう一度作業員に電話をかける。出たのはやっぱりアナウンスだった。俺は明日朝一番でアイツに戦力外通知を叩きつけてやろう、と心に決める。決めたのは良いけれど、まずい状況であるのは変わりない。

客になんとか言って日付を明日にずらしてもらうか……いや、それでは会社の信用をなくす。今から取りに行くには時間が足りない。誰かに……誰かに持ってきてもらうとか……。

望みを託して、俺はタツヤに電話をかけた。だが、出ない。日曜日の深夜だ。また深酒して寝こけているんだろう。あいつに罪はない。次。課長に電話。酒を飲んでいるので車が出せないとのこと。

くそっ、普段は飲まないくせにどうしてこういうときに限って……！　手当たり次第にアドレス帳の端から電話をかけるが、いっこうに人が捕まらない。そして時間だけが過ぎていく——。

俺は迷った末に、マツダイラに電話した。

『もしもし……どうかされました？』

マツダイラはすぐに電話に出てくれた。

「あ、マツダイラ……すまん、助けてくれ」

事情を説明すると、すぐに車を出してくれると言ってくれた。助かった……！　と思わずその場に座り込む。気づかないうちに心臓がバクバクと鳴っていたようだ。大きく息を吸って、吐いて、鼓動を静める。

ドキン。

にしても、マツダイラが出てくれて助かった――そう思ったときだった。

ことさら大きく、心臓が鳴る。なんだ、これ……。

ぽっとマツダイラの顔が浮かぶ。心臓はうるさいくらいに鳴る。これは……まさか……。

「いや、ない、ない。こりゃあれだ、吊り橋効果とか言うやつであって、その、なんだ……けっして恋とかそういう……」

恋。って、なんだ……？

自分で吐いた言葉で墓穴を掘った俺は、マツダイラが来るまでの約一時間、うろ覚えの素数やら経文をつぶやいていた。

「お待たせしました！」

作業着姿のマツダイラが、道具を積んだ車から降りてくる。当たり前だが、いつもスーツなのでなんだか変な感じだ。まっすぐで堅そうな髪をバレッタでまとめているのも、新鮮だった。……さらにシルエットがマツケンに近づいていたけれど。

「馬に乗ってたら完璧……」

「？　フクダさん、何か言いました？」

「いや。休みなのに悪かったな」

そう言うと、ちょっと照れたように笑った。

「いえ、お役に立てて光栄です。明日急ぎの仕事はないので、私も手伝います」

「サンキュ。まさか作業服着てくるとは思わなかったわ」

わざわざ着替えてきてくれたんだろう。作業する気満々、という姿勢がうれしく、とても頼もしい。将軍的な意味を差し引いてもね。

「フクダさんのも持ってくれば良かったですね。気が回らなくてすみませんでした……」

言いながらも、準備をする手を止めないのがさすがだった。すげーな、比べちゃ悪いけど、タツヤだったらしばらく立ち話しているところだぞ？

「へーきへーき。慣れてるし。じゃ、とっとと終わらせっか！」

「はい！」

仕事のこと、プライベートのこと、それと、タツヤと仲が良いらしいこともそれとなく聞きながら作業は進んだ。時にまじめに、時に笑いながら。普段より薄い化粧もなんだか好感があった。あのキリッとした目は元々らしいが、瞳を縁取るメイクがないだけでずいぶん優しい印象になっている。

このとき俺は……マツダイラがかわいく見えていた……。

翌日から、気がつけばマツダイラのことを考えている。テレビでマツケンが映るとドキッとしたり、某社の切り餅を見るたびマツダイラの顔が浮かんだ……ごめん、最後のは半分嘘だ。

だが、俺は「上司」という立場上、その想いを自制していた。社内恋愛が禁止かどうかは聞いたことがないが、それがなかったとしても、もしこじれたりしたら最悪だ。

それに……もし別れることになったら。別れのつらさを味わうのは、もう嫌だった。五年前を思い出すと今でも胃のあたりがズンと重くなる。

始まってすらいないのに、なぜ終わりの心配をするのか。もちろん、答えは一つだ。

俺は、まだサトミとの再会を信じていたんだ。

まだ、信じていたかったんだ——。

(でも、そろそろ限界、なのかもな)

奇跡は起きそうにない。これからも、起こりそうにない。

そのときすでに、心は決まっていたんだと思う。

マツダイラの気持ちに応えよう。俺は、そう決めた。

上京して一年目は「東京盆」という謎の行事に首をかしげていたが、三年も経てば「そういうもんだ」と思うようになる。同じく地方出身のタツヤが目を丸くして驚くもんだから、東京出身のマツダイラが起源について懇切《こんせつ》丁寧《ていねい》に説明してくれた。ちなみに、俺は一年目にググって調べた。教えてくれる人が誰もいなかったからだ。

それから一ヶ月。いわゆる「盆」のちょっと前に、俺とタツヤは二人連れ出って飲みに行った。俺は人が飲んでいるのを見ている分には、飲みに行くのは嫌いじゃなかった。無理矢理飲ませてこなければ、という条件付きで。

「俺、最近かなり落ち着きましたよね！　前よりミス減りましたし！」

「落ち着いたかどうかは甚《はなは》だ疑問だな」

「ちょ、フクダさん厳しい……」

「嘘嘘。成長してるよ、横に」

「横!?」

いつも通り、タツヤがふざけて、俺が突っ込んで（むしろボケか?）、勝手にへこんで酒を飲む、という流れだった。

茶化しはしたけど、実際タツヤはずいぶんと成長していた。元々頭は悪い方でなかったし、人なつっこい雰囲気のためか、お得意さんにはかわいがられ、飛び込みの営業先でも好まれやすい。がつがつと数字やデータで顧客を得るマツダイラが硬とすると、タツヤは人柄で輪を広げる柔な営業スタイルを確立しつつあった。凸凹コンビがうまくはまれば、と思っていた時期が俺にもありましたが、うまいことはまってくれたようだ。これなら二で割る必要はない。それぞれ長所を伸ばしてくれるのが一番だ。

まあ、いまだに時々ボケをかますが、そこはご愛敬《あいきょう》……と、言えるまでに成長した。これでなんとなくニュアンスをわかってほしい。

その日、タツヤは珍しくベロベロになるまで酔っぱらった。明日から盆休みだったし、気がゆるんでいたのだろう。俺はタクシーを呼び、タツヤを家まで送っていくことにした。

「俺はねー、フクダさんのこと、っひ、尊敬してるんですよぉ……これ、ないしょですよ……」

「そーかそーか。内緒にしておいてやるよ」

「マジっすからね！　ほんとーに、ほんとーに尊敬してるんすよ！」

「ハイハイ、じゃあお前がいつか社長になったら、俺を専務にしてね」

「あったりまえじゃないっすかー」

酔っぱらいウゼー。と思っていた俺の顔が見えたのか、タクシーの運ちゃんが苦笑しながら「お疲れさまです」と言ってきたので、苦笑を返した。

静かになったな、と思ったら、タツヤは口を半開きにして、間抜けな顔で眠っていた。気持ち悪くなって吐かれるよりマシか、と思いつつ、家に着く前には起きてくれよと祈る。マンションの住所は知っていたが、部屋の番号までは知らないのだ。

まあ、フラグだったよね。起きやしませんでした。むしろ爆睡の域に入ってました。

「おい！　タツヤ、お前何号室だよ!?」

なんとかタクシーから引きずり出し、体を揺すりながら叫ぶ。すると、「さんまるいちごーしっ」という声が聞こえた。目は半開きになっているが、これは完全に寝ぼけているとしか思えない。

念のため郵便受けで名前を確認する。……よし、間違ってない。

深酒を止めなかったという罪悪感もあり、今日はタツヤの家に泊まっていくつもりだった俺は、はたとあることに気がつき、自分の額をぺちっと叩いた。おっさんくさいオーバーなアクション。やだなー、俺も年を食ったな。タクシーを帰してしまったことに後悔しながら、エレベーターで三階まで上がる。三〇一。ここだ。

俺は表札の下についている、インターフォンを押した。

ピンポーン……。

扉の奥の方で、チャイムの音。

俺はタツヤの出身地も家族構成も知らないが、一つだけ覚えていることがあった。自分より先に上京した姉と、一緒に住んでいることだ。もしかしたら実家の場所もペットの話も聞いたかもしれないが、たぶん、聞き流していた。正直こいつの私生活には興味がなかったのだ。

パタパタと軽い足音が、すぐそばで止まる。

「どちらさまですか？」

扉の向こうで声が聞こえた。若い女性の声だ。

「夜分に申し訳ありません。私、タツヤ君と同じ会社のフクダと申します。タツヤ君が酔いつぶれてしまったものですから――」

「あ、お世話になっております。今開けますね」

じゃらじゃらとチェーンキーが外される音がして、がちゃり、と重いマンションの扉が開く。

どうしてか、俺はタツヤが姉と一緒に住んでいることだけは覚えていた。

なんでだっけ、と疑問が浮かぶ前に、目の前の表札を見て答えを知る。

そうだ、こいつの名字が――

「弟がご迷惑をおかけして、すみませ――え？」

「え？　あ――」

イシハラ、だったからだ。

「イシ……ハラ……？」

「フクダ……君、だよね？」

開いた扉から出てきた女性を見て、俺は動きを止めた。何が起きたのかまったく理解ができない。

理解できないが、ただ、事実として――目の前に、サトミがいることは確かだった。

開いた口がふさがらない。それは向こうも同じようで、大きな目をさらに見開いて、ぽかーんとした顔で俺を見ていた。たぶん、二人とも同じ表情をしていたのではないだろうか。

俺はずり落ちそうになるタツヤを支えなおしながら、何か言わねば、と、一度口を閉じ、言葉を紡ぐ。

「なんか……髪、伸びた？」

これが、精一杯だった。

「……フクダ君こそ。髪型変えたんだね」

少し間が空いて、俺たちは……笑い出した。

「ちょ……はは、何だよ？」

「ごめ、いきなり……笑い止まんな……」

五年ぶりの再会だというのに、雰囲気もへったくれもなかった。しばらく笑い続けた俺らは、ひとまずタツヤを寝室へ運び込む。

「ありがとう。ね、よかったらお茶飲んでいかない？」

「よろこんで。あ、酒は勘弁して」

「姉弟揃ってお世話になるのは嫌だなぁ」

ははは、と笑いながらリビングに通される。座ってそわそわ待っていると、お茶を運んできたサトミがテーブルを挟んだ向かいに座る。

「……フクダ君だったんだね」

「え？」

ふにゃ、と笑って、サトミが言う。

何が？　と問うと、タツヤの寝室のドアを見ながら、サトミがにいっと口の端を持ち上げた。

「タツヤがね、いつもフクダ君の話をしていたの。うっれしそーに……。でもそれがフクダ君だとは思わなかったなぁ。同姓の人だと思ってたよ」

タツヤが俺の何を話していたのか気になったが、サトミの表情を見るに、あまり悪いことは伝えていないようだ。GJタツヤ。ちょっと見直した。

「俺もまさかタツヤがイシハラの弟だとは思わなかったよ。でもまぁ、言われてみれば……」

「ん？」

「確かに天然だわ」

「なんだとぉ？」

にっと笑ってみせると、サトミも笑う。俺の胸の中は、何やら温かいもので満ちあふれていた。

「なんか……すごいね」

携帯の番号を交換しながら、サトミがつぶやく。俺は黙って頷いた。だって俺らは、まったく別の場所で、この広い大都会で、また巡り会ったのだ。

「実は、イシハラの弟が入りそうな会社に先回りして入社してたんだ」

「予言者か！」

サトミは笑うけれど、俺は、二人の出会いは予言なんかよりもっとすごい奇跡だと思っていた。だってまさか、こんなにピンポイントな偶然、信じられるか？

俺はちらっと、テーブルに置かれたサトミの指を見た。指輪のたぐいは、ついていない。まあ、弟と暮らしている時点で明白ではあったのだけど。

「イシハラさん、突然ですが」

「うん？」

ぴっと背筋を正して、改めてサトミを見た。また少し印象が変わったな、と思ったけれど、たぶんそれはすっぴんのせいだろう。

「明日か明後日か明明後日か……まあいつでも良いんだけどさ、……暇ある？」

「……本当に突然だね」

眉をちょっと垂らして、呆れた、って笑い。

でも、でもさ、サトミ。

「俺の中では、ずっと待ってたよ」

「……うん」

サトミがもぞもぞ動いて、姿勢を正す。ちょっと気まずい沈黙。すると、隣の部屋から、弱々しく姉を呼ぶタツヤの声が聞こえた。

「あ、起きたみたい。水かな？」

「イシハラ、あのさ。明日……電話していい？」

時計を盗み見ると、もうずいぶんと遅い時間だ。あまり長居するのも申し訳ない。

「うん。私も明日は休みだから」

「おっけ。今日はそれでいいや」

俺は立ち上がり、荷物を取った。

「じゃあ、また明日」

「うん。……また、明日」


翌日目を覚ますと、すでに時計の短針は頂点を指し終えた後だった。

酒と寝すぎでぼんやりした頭にサトミの声が再生される。

「また、明日」

俺はにやっと笑ってから、ふと冷静になって携帯をひっつかんだ。五十音順、あ行……イシハラサトミ、の文字を見つけて、安堵のため息とついでにガッツポーズを取る。あった……夢じゃなかった！

あの再会は現実のものだったのだ!! カーン、カーンと教会の鐘が鳴り響いている気分だ。

カーテンを開け、夏の日差しを受けると俺は大きく伸びをした。すばらしい……世界は光で満ちあふれている……!!

ひとまず水を飲むためにキッチンへ行き、顔を洗い、そして携帯を置いたテーブルの前に正座する。

……電話しても、いいかな……?

もう一度時計を確認する。午後一時十五分。携帯でも確認する。午後一時十五……六分。サトミの電話番号を呼び出し、深呼吸。

大丈夫……だよな……。見るとボタンに添えた指がふるえていた。どんだけ緊張してるんだ俺……。気づいたとたん、なんだかそんな自分に笑えてくる。

お前、何年待ったんだよ。早く電話しろ。

笑いながら、発信ボタンを押した。

コールが始まる。この音を聞くと、いつも緊張してしまう。出てくれるだろうか、嫌がられたりしないだろうか……?

『もっしもーし』

次の瞬間俺の耳に届いたのは、俺の不安をあざ笑うかのような、底抜けに明るいサトミの声だった。

「出てくれて良かったー!」

『えっ、そりゃ出るでしょ。どうしたの?』

俺が魂の叫びをすると、サトミは呆気にとられた返事をした。ですよね、ですよね!

「いや、少し不安だったんだよ。隣の家から火の手が上がって、消化活動中だったら困るなって」

『もう消すの大変だったわー』

俺の冗談に、サトミが乗ってくる。昨日も思ったがなんだか会話がスムーズだ……。そうか、天然ボケ成分が減ったんだな。

変なところで「サトミも大人になったんだな」なんて思いながら、俺は居住まいを正した。

「ところでさ、イシハラはサメとキリン、どっちが好き？」

『へ？』

突然の俺の問いに、サトミから素っ頓狂な声が返ってきた。それでも、うーん、と短い声の後に
『サメ、かなぁ？』

との声。自分で言ったものの、キリンよりサメって女の子としてどうなのだろうか。まあいい。

「奇遇だね、イシハラもサメ研究会員か」

『ふふ、うん、そう』

「んじゃ、明日。水族館にサメの生態を見に行こうと思うんだけど……どう？」

『明日……？』

俺はできるだけおどけて、誘い文句を絞り出す。心臓はバクバク、喉はカラカラだった。対するサトミの声が少し沈んだので、俺は慌てて
「いや、都合悪いならいつでもいい！」

そう、追加した。必死すぎて笑えてくる。

『じゃあ……三十年後』

「待つよ」

笑うサトミに、微笑みを。あ、ちょっと余裕のある大人っぽい言い方、できたんじゃね？

『うそだよ。うん、いいよ』

い……

いよっしゃああああああああ!!!!

「明日！　タキシード着て待ってるから！」

『それはがんばりすぎ！』

サトミの笑う声。俺は……俺はとても、幸せだった……！　明日の詳細を決め、俺は至福のまま電話を切った。

「えんだぁぁぁぁぁあああああ!!!」

俺は叫んだ。まさにそんな気分だった。近所迷惑？　知ったことか！　ずっとずっと待っていたかいがあった。世界は今、俺たちのために回っている……！

自分自身、そして置かれている状況に酔いしれていると、無情にも腹が鳴った。仕方がないので酔いしれるのを一度中断し、飯にすることにした。そうね、起きてからまだ水しか飲んでないもんね。

食パンをかじりながらネットを巡回していると——携帯の着信音が、響いた。

「ん……？」

誰だろうか。サトミ……ではない。先ほど着信音を指定したばかりだ。

画面を見ると、相手はマツダイラ……嫌な、予感しかしない。

「……もしもし」

『お疲れさまです、マツダイラです……』

歯切れの悪い、マツダイラの声。嫌だ、続きを聞きたくない。今すぐ電話を切ってしまいたかった。

……できないけど。

『お休みのところ申し訳ないです。今、大丈夫ですか？』

「微妙」

『えっ？』

「いや、なんでもない。……どうした？」

思わず本音が漏れる。何があったのかと思うと、胃のあたりがずくずくとうずいた。入れたばかりの食パンが出てきそうだ。

『実は、明日の現場なのですが……』

あーあーあーあー聞こえない聞こえない、今日、耳日曜日！

子供のようにだだをこねられたら、どれだけ良かったのだろう。

『急用で作業員の一人が休むそうで……明日はお客様が立ち会われるので、私が作業するわけにもいきませんし……』

「あー、そっか、お前が捕まえてきた新規のとこだったな……」

しかし何故に俺が……と思いかけて、前にマツダイラに助けてもらったことを思い出した。選択肢が、消えた。

「わかった。俺が入るよ」

『本当にすみません、よろしくお願いします』

携帯を閉じて、俺は両手で堅く拳を作った。殴りてぇ……急用とかで休んだ作業員をぼっこぼこにしてやりてぇ……。

何度か開いて閉じてを繰り返し、……観念して携帯を取った。サトミに伝えなければならない。誘っておいて一時間で覆《くつがえ》すとか、本当もう俺サイテー……タイミングが。

『もしもし？』

サトミはすぐに出てくれた。立て続けの電話に驚いているのが、発せられた四文字ですぐにわかる。

「えーイシハラさん。実はかくかくしかじかで……」

『いやいや、わからないから。どうかしたの？』

俺は経緯《けいい》を説明し、何度も謝った。気がついたら正座していたのはいつものお約束だ。

『そんなに謝らないで。大変だよね、タツヤも夜中に出て行ったりするもん』

「本当にごめん……いろんな意味で」

『あっ、そういう意味じゃないってば！』

「ちなみに、明後日などは……？」

盆休みが終われば、次にいつ俺の予定が空くかなんてわからない。それに、できるだけ早く、もう一度会いたかった。

『ごめん、明後日から実家に帰るんだ……同窓会があって』

「そっか……」

ああ……もう本当……休み明けたらぜってー作業員殴る。でないと気が済まない。

『……フクダ君のお休みって、いつまで？』

「え？　十六日まで……だけど」

しかし、まだ神は俺を完全に見放したわけではないようだ。

『たぶん、十六日には帰って来てる……と思う』

「マジ!?」

地獄に仏とはこのことか。「と思う」の部分は聞こえなかったことにしよう。都合の悪いことは今の俺の耳は受け付けていない。

『うん。でも、まだ確定じゃないから、また連絡するね』

「おう！　待ってます!!」

電話が切れると、俺は小躍りしたい気持ち――にはならなかった。正座のまま背を丸めて額を床にぶつける。ごん、と鈍い音がした。

「なんだよこれ……嫌がらせかよ……」

腹が減って減って仕方ないときに、目の前にごちそうを出されて「待て」をされた気分だった。ああ、犬ってこんな気持ちなのかな……。もう俺、犬に対して「待て」とか言えないわ。

翌日、俺は現場に到着するなり、不機嫌モードを隠すこともなく全開にしていた。

「あ、お疲れ様で……す……」

「あ？」

「え、あ、いや……」

よく顔を合わせる作業員が挨拶をしてきたが、俺の雰囲気に戸惑う。少しかわいそうなことをしたな、と思ったので、小さく「お疲れ」と返しておいた。

「フクダさん」

客と話をしていたマツダイラが、俺の姿を見つけて駆けてくる。

「お疲れさまです。今日は……すみません」

深々とお辞儀をするものだから、俺は焦って顔を上げさせた。客の前で作業服を着た人間に頭を下げるとか、ちょっと外聞が悪い。

「お前のせいじゃないだろ。話はもう終わったのか？」

「はい、大丈夫です。今日はよろしくお願いします」

そう言うと、きりっといつもの表情になった。あ、仕事モードだ。

対する俺は、まるで親の仇《かたき》か何かのような姿勢で作業をしていた。作業員が少しでもミスをすると舌打ちをし、私語を挟もうものならにらみつける。迷惑極まりねぇな、と自分でもわかっていたが、頭でわかっているからといってやめられるわけではない。ま、やめられてもやめなかったけどね。

しかし俺のピリピリした空気でみんなに気合いが入ったのか、作業は丁寧、かつ迅速に終わった。

いつもこれくらいできりゃいいのに。

片づけが終わったところで、マツダイラがコーヒーを持って俺の元にやってくる。

「お疲れ様でした！　フクダさんのおかげで、現場が締まりました」

「ああ……そう」

俺は曖昧に返事をしながらコーヒーを受け取る。いや、ただイライラしていただけなんだけどね。

結果オーライなら良いけれど。

「先方も喜んでくださっていました。予定よりだいぶ早く終わりましたし……フクダさん、この後、ご予定とか……？」

これがデフォとか思われないと良いなぁ、なんて思いながら、脊髄反射《せきずいはんしゃ》でマツダイラの問いに答える。

「十六まで暇」

「へ？」

マツダイラは呆気にとられて……その凛々しい眉を持ち上げた。そうですね、意味わからないですよね。

「あ、いや……別に、特にないよ」

「なら、晩ご飯奢らせてください。今日のお礼に……」

「え？　いいって、んな気にしなくても……」

「いや、出させてください！」

マツダイラは引き下がらない。基本的に押しに弱い俺は、仕方なく了承してから

「でも俺、作業着なんだけど？」

自分の汚れた服を指さした。これでどんな店に入れというのだ。

マツダイラからの返答は、予想斜め上だった。

「じゃあ……私の家に来ませんか？　簡単なものでよければ作ります」

いやいや、それはねーよマツダイラちゃん。

「いやっ、それはさすがに……」

「いいから、車に乗ってください」

俺は強引に車に放り込まれ、連行された。いや、これ誘拐？　誘拐じゃないの？　成人男性が年下の女子に誘拐されるって、字面があれだけど。

というか……このまま行ったらマツダイラルートに入ってしまう。せっかくサトミと再会したのだ。不安要素はできるだけ排除したい。

「あっ、ちょっと待てマツダイラ、車止めて」

「へっ、え？　どうかしました？」

「あー、あのさ、急に、その……ラーメン、ラーメンが食いたい。うん。しかも俺んちの近所の」

ラーメンなら作業着で行っても問題ないし。とっさの言い訳にしては上等だ。マツダイラの家からも遠ざかれるし。

マツダイラは不思議そうに首をかしげながら、車を出してくれた。女の子と二人きりでラーメンを食べるのは、これで二度目だ。……今日はこれ以上記念日なんて作ってやらねーけどな。

　しかし、マツダイラの方が一枚上手だったようで。

「……フクダさんの家に……行ってみたいな」

「え……」

　お前、何？　実は恋愛偏差値高い方なの？　そっちも暴れん坊将軍なの？　あっすみませんこれ以上は黙ります。

「いや、それは……まずいな。うん」

　曖昧に濁すが、マツダイラのキリッとした瞳がちょっと潤《うる》んで、俺を見上げた。

　……マツケンマツケン言っているけど、実際マツダイラの顔はそこそこ綺麗だった。俺の勝手なイメージがマツケンなだけで、タツヤに言わせれば某雑誌の看板モデルに似ているという。そんな顔で見つめられて、俺はちょっとたじろぐ。

　だが俺にはサトミがいる。サトミの顔を思い浮かべることで、俺は精神を強く持てる……気がした。俺の女神様、どうかご加護を……！

「……ごめん。俺の家、マジで汚いから。人を呼べる状態じゃない」

　そう言って目をそらし、店を出た。送りますよ、と言われたが、歩いて帰れるからと断る。ごめんには二つの意味を込めた。気づいてくれると、良いのだけど。

「じゃ、お疲れ」

「……お疲れ様でした」

　まだ何か言いたげなマツダイラに背を向け、俺は歩き出す。申し訳ないことをしたな、という小さな罪悪感を抱いて。

その夜から、俺はサトミを待つだけの日々を過ごした。自分も実家に帰ろうかと思ったが、電車は混んでるし、そこまでするのもどうかと思ってやめた。またいつ呼び出しがかかるかもしれんし。

俺はサトミを信じて、待つことに決めたのだ……と言うとちょっとかっこいいけれど、実際ネット三昧するだけの休日だった。自堕落。なんて自堕落。やっていることはあれだけど、心の中では運命を信じていたんだよ。

十五日の夕方になっても、サトミから連絡は来なかった。

その日は一日中携帯を見ていた気がする。連絡するべきか？　いや、でも「連絡する」って言っていたし、俺からするとなんか催促《さいそく》してるみたいでやだ……。腕を組んでうんうん唸っていると、インターフォンが鳴った。

サトミ……!?

時刻は夜の八時。ありえる。が、サトミは俺の家を知らないはずだ。じゃあ誰だ。まさかマツダイラか!?　いや、さすがにそこまで常識がない奴じゃないはずだ。

俺はおそるおそる扉の覗き穴から、外を見た——。

そこには、もっと恐ろしい人物がいた。

俺は引きつる顔をそのままに、鍵を……開けた……。

「いやぁあああああほぉおおおおおおい!!!　ひっさしぶりぃいいいいいい!!!!」

鍵の開く音を合図に、勝手にドアノブが動き、勝手に扉が開き、勝手に——馬鹿が叫びながらなだれ込んできた。テンションが異常すぎる。何かのテロかこれ。

「はい!!　これおみやげ!!」

渡されたのは、吉野家の割引券だった。

「いや、あの、すみません。お時間と近所迷惑を考えていただけると幸いです」

「なーに言ってんだよ！　東京じゃまだ昼間みてーなもんだろ！　飲んでるの俺らくらいしかいなかったっつの！」

「混んできたから追い出されたんだよねー？」

「ねー？」

イタクラとモリ君は完全にできあがっていた。お前らいつから飲んでたんだ。超酒くさい。お店の方に同情しつつ、二の轍《てつ》は踏まない。

「帰ってくんない？」

「おおおおおおい!?」

「冷たい！　冷たいです！　冷たい人を発見しました隊長!!」

「いや、もう、本当……帰ってくださ」

「突撃ぃぃぃぃぃぃぃぃ!!!」

馬鹿二人がどたどたと部屋に上がり込む。チッ、酔っぱらいはこっちの話を聞きやしねぇ。脱ぎ散らかした靴を適当に整え、扉を閉めて部屋に戻る。

「フクダ君のくせに結構いい部屋住んでんじゃん。フクダ君のくせに」

「しっかし汚ねーな！　進歩ねーなフクダ」

好き勝手言いながら、酔っ払いどもは次々に持ち込んだ酒を並べていく。え、何それ全部飲む気？勘弁してくれよ。

「今日はお前に説教するために！　俺とモリはわざわざ高速バスに乗ってここまで来たんだ！」

「え……？」

「なーんつって！　うっそでぇ〜す」

「本当は高速バスじゃなくて、新幹線でぇ〜す」

「え、ああ、そこかよ」

久し振りすぎて二人のノリについていけない。呆然とする俺をよそに、二人は騒ぎまくり、俺もかなり飲まされた。

目を覚ますと、そこは玄関だった。ん？　どういうこと？　開けっ放しのカーテンから強い日差しが差し込んでいる。ふっと目線を下げると……何故か俺はパンツ一丁だった。おい、昨夜何が起きた。まったく覚えていない。とりあえず立ち上がり、部屋の状況を確認する。床は空いた酒瓶が縦横無尽に転がり、つまみの袋があっちこっちに散らばっていた。イタクラはベッドから上半身を投げ出して寝ている。頭に血が上っているんじゃないかと心配になったが、安らかな寝息が聞こえたのでたぶん大丈夫だろう。

「ん……？　モリ君はどこだ？」

見渡しても姿は見えない。俺は部屋にある扉という扉を一つずつ開けていく。……トイレの中で一升瓶を抱えているところを発見した。なんか謎解きゲームみたい。

そういえば今何時だ？　はっとして時計を見ると……午後二時だった。サーッと血の気が下がる気がして、俺は慌てて携帯を探す。ちかちかとライトが点滅するそれを見つけたとき、軽いめまいすら覚えた。

昨夜の十時に、サトミからの着信と、メールが一通。

【明日の朝には戻ってます。どうする？】

あ……

「うわあああああああああああ!!!!」

「んがっ!?　なんだ何事だハルマゲドンか!?」

イタクラが起き上がるのを視界にとらえながら、俺は焦ってサトミに電話をかけた。いつも五コール以内に出るサトミが、出ない……！

俺はすぐにメールを打った。

【ごめん！　今何故かイタクラとモリ君がいるんだよ!!　飲まされて昨夜の記憶がない!!!】

メールの返信は、早かった。

【そうだったんだ。今電車に乗ってるので、ちょっと電話ができません。ごめんね。そしたら、また次の機会にしようか】

「フクダ？　どうかしたのか」

「あー……ったま痛い……」

「まえら……」

「ん？」

「お前ら今すぐそこに正座しろぉぉぉぉおおおおお!!!!」

俺はキレた。キレて、起き抜けの何が何やらわからない状態の二人に、懇々と説教をした。もう本当すごいしつこかったと思う。

さすがに悪いと思ったのか、二人は殊勝に部屋の片づけを手伝ってくれた。元の状態より綺麗だ。しかし、俺はこの後数日、どこに何があるのかわからないという弊害《へいがい》に悩まされることになる。何故日用品がクローゼットの奥にしまわれているのか……意味がわからないよ。


盆休み明けに出社すると、タツヤが楽しそうに笑いながら俺をつついてきた。

「フクダさんって、俺の姉ちゃんと同級生だったんですね」

「ああ、うん……」

どうやら俺のことを、サトミから聞いたようだった。こいつの顔がにやついていると、なんだかチャラく見えてムカつく。

「すっごい偶然ですよね！　こんなことってあるんですかね」

「そうそうないよなぁ。しかも……三回……これはもう……」

「え？」

「いやっ。ま、よろしくな、タツヤ君？」

営業スマイルで握手を求めると、頭にクエスチョンマークを浮かべたまま、タツヤが手を握り返してくる。大丈夫、弟という力強い味方（たぶん）がいるんだ。なんとかなるだろう。

対して、マツダイラはあまり俺に話しかけてこなくなった。

とはいえいつも通りの忙しい日々が続けば、そのうち普通に戻ってくるわけで。俺はひたすらサトミに会える日を探しながら、タツヤのリークに耳を傾けつつ、マツダイラには上司として接する生活を送っていた。しかし空く日が見つからない。真っ黒なスケジュール帳を見ながら、俺は頭を抱えた。

俺は売れっ子スターか何かか……！

サトミとメールのやりとりは続けていたが、会えない日々があまりに続いた俺はある日……キレた。

「有休をいただきたく思います」

「……なんかあったの？」

「はい」

会社に入って、初めての有休だ。課長は驚くのを通り越して……少し心配そうな顔をしていた。

「どうした？」

「私用です」

「……」

手帳を見て、課長が渋い顔をする。スケジュールはぎっちぎちだ。しかし、これまで文句一つ言わずに働いてきたのだ。これくらい、許してくれても良いだろう。

「……わかった」

「ありがとうございます」

俺はまじめな顔で会釈をしながら……脳内でガッツポーズを決めていた。

昼休憩の時間に社を抜け出し、念のためメールを一通送ってから、俺はさっそくサトミに電話をかける。

『もしも』

「イシハラさん、お願いがあります」

『えっ、はい、なんでしょう？』

仕事で使うようなまじめな声に、サトミの声がつられて改まる。

「明後日、俺は完全に休みです」

『……はい』

「サメ、一緒に見ていただけますか……？」

『……はい、喜んで』

「……はぁ～～」

サトミの声を聞いたとたん、俺は全身から力が抜けた。

『フクダ君？　大丈夫？』

「良かったぁ～～これでダメとか言われたら飛び降りるところだったわ」

『うそっ、今どこにいるの？』

「公園のベンチ」

『びっくりしたー。飛び降りたら良いんじゃない？』

「ひどいよイシハラさん」

何はともあれ、五年越しのデートが実現する。このときを……どれだけ待ち望んだというのだろう。

『じゃあ、明後日。楽しみにしてるね』

「こっちこそ。今度こそタキシードが着られる」

『だからそれはやめてってば！』

名残惜しいけれど、そろそろ社に戻らねば。

電話を切った俺は、ベンチの上に乗ってそこから飛び降りた。


約束の時間三十分前。水族館の最寄り駅に着いた俺は、とりあえず喫煙所を探した。こういうちょっとした時間をつぶす方法がいくつか浮かぶようになると、ああ、あの頃に比べて大人になったんだなぁと実感する。……まあ、まずつぶすような時間を作るなという話なのだけれどね。

駅を出てすぐのところに灰皿を見つけ、たばこに火をつける。スーツに臭いを付けないよう風下に向かって立つ癖は、会社の先輩に教えてもらってからついた。そういやあの先輩、今頃何してんだろ。

肺いっぱいに煙を吸い込んで、ゆっくり吐き出す。

……緊張し過ぎて、何考えても上滑りするな……。腕を組むと、心臓がドキドキいっているのがよくわかった。女の子とデートすること自体、とても久しぶりなのだ。しかも相手はサトミ。俺は落ち着かず、何度も体勢を変えながらたばこをふかし続けた。

そして、待ち合わせ十分前。そろそろかなと思い、ふっと駅を見たときだった。

あっ。

ちょうどサトミが改札から出てきたところだった。ばっちりと目が合ってしまったが、俺はふいと視線を逃がして気がついていないふりをする。これだけ人が多いというのに、人混みの中から一発でサトミを見つけられるとか……やっぱ運命なんだろうな、うん。

「おはよう。というか、今、目合ってたよね？」

とん、と背中を叩いて、隣にサトミが並ぶ。

「おう。ほんと？　気がつかなかったなぁ」

「もう、嘘ばっかりー」

笑うサトミをじっと見つめる。大学のときに比べ、服も化粧も落ち着いた大人っぽいものになっていた。それに比べて俺は……とは思わないことにする。出かけるために服を買うなんて、ここ数年ご無沙汰だったんだよ。一応急いで新しい服を買いに走りはしたけれど、結局いつもと同じような服になってしまった。

「ふふ、サメ、楽しみだねぇ」

サトミの歩くペースに合わせながら、水族館に向かう。サトミさん、本当にサメ好きだったんですね。それとも俺のことからかっているのかしらん。

さて、先に言ったとおり、女の子とのデートが久しぶりすぎた俺はもう何をどうしたらいいのかすっぱりと忘れていた。どうすれば女の子が喜ぶのかとか、全然ダメ。その日の俺は、無邪気に魚を見て楽しむサトミを見て至福のときを過ごしていた。一緒にいるだけで、幸せだった。

深海魚が気持ち悪いと騒いだり、じっと動かないウツボとにらめっこをしたり、ふれあいコーナーのヒトデをひっくり返したりしつつ……時間がちょうど良かったので、イルカショーを見ることにした。水がかからないよう、少し上の席から見ていると、いつの間にかサトミは身を乗り出して、キラキラした目でイルカを見ていた。

「ねえ、昔さ、船で見たよね、イルカ！」

見事な大ジャンプを決めたイルカを指さし、少し興奮気味にサトミが叫ぶ。高校のとき、海で船に乗った、あのときのことだろう。

「懐かしいな、あったなそんなこと」

「あのときさ、実はすご――――く感動したんだよね。あんなに間近でイルカが見られるなんて、本当に思ってもみなかったし」

「いやぁ、仕込みは苦労したぜ？」

「ちょ、夢壊さないでよ！」

視線をイルカに戻すと、複数のイルカがシンクロのように並んで泳ぐ演目だった。それもそれで見事だったけれど、あの日見た不揃いな併走や、だだっ広い海を自由に泳ぐ姿の方が美しかったなと思う。きっとそれは、隣にいるサトミも同じ事を考えていただろう。

高校の夏、といえば。

「あれ？　そういやあんとき、イシハラ『サメが怖い』って言ってなかったっけ？」

「へ？」

「ほら、ゴムボートに乗ったとき」

「ああ……」

サトミがサメを楽しみにしているのを見るたびに感じた違和感の正体は、たぶんこれだ。あのときは「サメ」という単語にすら怖がっていたような印象だったのに、彼女の中で何が起きたのだろう？

「あの後ね、帰ってから本当にサメが出るのか調べたんだよ。そしたらはまっちゃって……。というか、普通ゴムボートに乗ってるときにサメが出たら、なんて考えたら怖いに決まってるでしょ！」

顔を真っ赤にしてサトミが叫ぶ。そのかわいさもさることながら、俺はサトミの言葉にうずくまりそうになった。これか、これが萌え死ぬってやつか！　俺の言葉を信じてマジびびりしたサトミにも、その後調べ物をしたサトミにも、ついでにそれがサトミの趣味になったことも……ああもう、どこから萌えればいい？　どこから喜べばいい!?

「……すごーく締まりがない顔になってる」

にやけているのは自覚済みだ。自覚済みだが、自制はできそうにない。ゆるゆるの頬をそのままにしていると、いい加減にしてよ！　とサトミに背中をバンバン叩かれた。

「いや、だって、……俺、イシハラにはすっかり忘れられてるもんだと思ってたからさ。そうやってイシハラん中になんか残せたというか、そういうの……なんかうれしくて」

正直に今の気持ちを吐露《とろ》すると、サトミの顔がさらに赤くなっていく。あ、ちょっとセクハラっぽかった？　と自分の言葉を思い返すが、そういう意味ではなかったらしい。

「もう……本当……フクダ君恥ずかしい……!!」

照れてんだ、照れてんだ！　ぽかぽか叩いてくる拳の間からサトミを伺うと、気の早い完熟リンゴができあがっているのが見えた。


一通り見て回ったあと（サメがいるところでは、仕返しのように長々と講義を聴かされた）、併設されている海浜公園に出た俺たちは……かき氷を買った。もちろん、味は例の青いのと赤いのだ。

「かき氷！」

「さぁ、恒例の舌を見る会を始めようじゃないか」

公園のベンチに座り、互いに舌を見せ合う。サトミはやっぱり青い青いと大笑いし、俺は恥ずかしそうに舌を出すサトミのかわいさに悶えていた。ああああもう、すげーかわいい……!!!

かき氷を食べ終わり、ぼんやりと海を眺める。時間は四時……すごく……中途半端な時間だ……。飯には早いし、これからどこかに行くには遅いし。完全に時間配分を間違えてしまった。

どうしたものかとグダグダ考えながら、ちらりと隣のサトミを伺う。海からの涼しい風が、サトミの長い髪を柔らかくさらう。

海を見つめるサトミの表情は、とても穏やかだった。まるで一枚の絵画のようで、俺はつい、見惚れてしまう。

この後どうするとか、どうでもいいや。

俺は時間をかけて瞬きをして、海を見た。少し手を動かせば触れられる距離にサトミがいる。いつでもその声を聞くことができる。その瞳を見つめることができる。これ以上の幸せがあるのだろうか。

否、ない。

ちっぽけだけど確かな幸せを、俺は力一杯噛みしめた。

「……なんか、良いね」

ぽつりとサトミがつぶやく。

「何にもしゃべらなくても、……すっごく落ち着く」

「……俺、マイナスイオン出てるから」

沈黙が苦にならない相手なんて、そうそういないのではないだろうか。サトミはクスクスと笑いながら、俺の目を見た。

「三回、再会しましたね」

サトミの口から、その話題が出るとは思わなかった。面食らいながら、俺は続ける。

「……しちゃいましたね」

「ね」

「三回、偶然が続くとさ、」

「うん」

俺は胸一杯に潮風を吸い込んだ。ばあちゃんちの海とは違う、都会の海の匂い。濃くて、しょっぱい。

「……運命、っていうんだ」

そっと、サトミの手に触れる。視線がぶつかる。

自然と、二人で笑った。

「運命、なのかな……？」

「間違いない」

「そっか。うん、私もね……そう思うよ」

手が握り返される。こつんと、肩にサトミの頭が預けられた。シャンプーの香りがする。肩を抱きたい、と思ったけれど、手を離すのも名残惜しくて、そのままにした。

俺たちはそのまま、堅く手を握り合っていた。十一年間を取り戻すように、隙間を埋めるように。好きとか愛しているとか、そんな言葉が薄っぺらく感じるくらいの濃厚な時間が、そこにあった。

それでも、やっぱり言葉にしたくて。

「サトミ」

「……ん？」

「好きだよ」

「ふふ、なんか照れるね」

「サトミは？」

「……うん、私も。好きだよ……ユウ君」

ユウとは、俺の本名だ。

「確かに、なんか照れるな」

「でしょ？」

だんだんと日が短くなってきた、九月十八日。

俺は無事、サトミとお付き合いすることになった。

俺は忙しいながらも、マメに暇を見つけてサトミと会っていた。タツヤには散々からかわれたけれど、その分協力もしてくれた。本当に奴には感謝してもしきれない。

さて、時は一年ほど進む。

一年後の九月五日、俺は――一大決心をしていた。

I'm falling for a girl who gave me
"KESHI-GOMU".
Authors:FUKUDA(w),sigawatari Illustration:sime

第五章　社会人編2

一年後の九月五日。俺は——サトミと喧嘩をして、口も利いてもらえないような状態だった。

時は一日前にさかのぼる。

その日俺は、珍しく仕事が早く終わったんだ。夜の立ち会い仕事もなく、「サトミと一緒に夕飯が食える！」と浮かれていた。その浮かれた調子のままで退社し、サトミの会社の前へと向かった。

サトミの驚いた顔が見たかった、そんないたずら心からの行動だった。

だというのに、だ。

【まだ仕事中かな？　今日は会社の人と一緒にご飯食べに行ってくるね。おみやげの希望があったら今のうち!!】

サトミから、こんなテンションの高いメールが送られてきた。いや、テンションが高いのはいつものことなのだけど、よほど楽しみだったんだな、っていうのが伝わるほどの文面は久し振りだった。

俺は無性に——イライラした。衝動のままにサトミに電話をかける。

「あのさ、俺、今お前の会社の前で待っててんだよね」

挨拶もそこそこに、明らかに「不機嫌です」って声。

『え？　そうなの？』

サトミは驚いていた。そりゃそうだ、驚かすために来たんだから。電話の後ろでサトミの名を呼ぶ女性の声がする。たぶん、今日一緒に飯を食いに行く人なんだろう。

「今日、早く仕事終わったんだよね。だから、俺と飯食いに行こうよ」

にして。

「良いじゃん。なあ」

強く押すと、小さく唸る声が届く。サトミの悩む顔が浮かぶ。人差し指で顎に触れて、口をへの字
『え、でも……』

『……わかった。できるだけ早く帰るから……家で待っててくれる？』

答えはイエス以外にない、そう思っていた。

「はあ!?」

眉間に力が入る。耳のすぐそばで、ミシッと携帯が悲鳴を上げる。

『ごめん。でも、みんなにもう行くって言っちゃったし……お店の予約もあるから……だから』

「もう良いよ！」

それだけ言って、通話を切った。これが固定電話だったら受話器を叩きつけていたところだが、あいにく携帯なので電源ボタンをぽちっと押しただけだ。

どうしてこんなに苛つくのかわからなかった。でも、これ以上サトミの言い訳は聞きたくなかった。

いや、言い訳じゃない。正当な言い分だろう。俺が勝手に来て、勝手にキレているだけだ。サトミは何も悪くない。

しかし一度気に入らないと思うととことん嫌ってしまう性分なので、俺は当てつけのように家に帰ってカップラーメンをすすった。お前がお仲間とわいわい楽しくおいしいご飯を食べている間、俺は一人寂しくインスタント飯でしたよ、なんて、不幸を気取った。

テレビを見ながらぼんやりしていると、部屋の鍵が開く音がする。この部屋の合い鍵を持っているのは、大家を除けば一人だけだ。

「こんばんは。今日はごめんね」

「……別に」

時間はまだ夜の七時前だった。電話で言ったとおり、本当に早く抜けてきてくれたんだろう。サトミは俺の側までやってきて、テーブルの上にがさりと何かを置いた。

「おみやげ。一緒に食べよ？」

「飯食ったばっかだし、いらない」

「ユウ君……」

俺は、拗《す》ねていたんだ。サトミのために早く仕事を終わらせたというのに、なんて後付けに近い自分勝手な被害妄想を膨らませていた。かまってもらえなくて駄々をこねる、ガキそのものだった。

「本当、今日はごめん。ユウ君の仕事が早く終わるなんて、知らなかったから」

俺はサトミの方を一度も見なかった。無為に流れるテレビの画面だけをじっと見ていた。

つい、と服の裾を引かれる。

「ねえ、今からどっか行こうか？」

明らかに、意図的に作った明るい声でそう言う。気分を変えようとしてくれたのだろうけれど、そのときの俺にはご機嫌取りにしか聞こえない。やっぱり俺は目線をテレビにやったまま

「明日現場があるから無理」

そう、つっぱねた。

「そっか……」

裾を握っていた手がそっと離れていく。

「もうさ……今日は帰れよ。せっかく早く帰ってきたのに……つまんねぇ」

本当に、あのときの俺はどうしちゃってたのかね。あれだけサトミを待っていた俺が、こんなに些細なことでサトミを許せなくなるなんて。あれだけ想っていた人に、こんなにひどい暴言を吐くなんて。

サトミはしばらく黙ったままそこにいた。そして立ち上がり、家から出て行った。

扉の閉まる音が聞こえて、ようやく俺は顔を上げた。まさか、本当に帰るとは思わなかったのだ。

驚いて立ち上がり、そのまま追いかけようと扉へ向かう。

生ぬるいドアノブに触れて、俺は動きを止めた。

何で俺が追いかけなきゃいけないんだ？

このときの俺の脳内は、ただただ俺だけが被害者だった。サトミが俺を裏切ったくらいの考えだった。本当は、頭のどこかでそれが俺の妄想だってわかっていた。でも、簡単に引き返せないくらいの意地があったんだ。

とはいえ少し心配ではあったので、俺はドアノブを開けて外に出た。通りが見える位置まで移動すると、遠目に道を歩くサトミを見つける。いつも姿勢の良いサトミの背が、わずかに丸まっていた。

サトミはタクシーを捕まえて帰って行った。たぶん……泣いていたんだと思う。

そこに来てようやく、なんで喧嘩になったんだろう、と考えた。

いや、これは喧嘩じゃない。俺が一方的にサトミを拒絶したんだ。

完全に、悪いのは俺だ。

部屋に戻ると、俺はすぐにサトミに電話した。しかし、コールの後に聞こえたのはアナウンスの音だった。現在、電話に出ることができません――。

次に俺はタツヤに電話をした。あいつも、今日は早くに帰っているはずだ。思った通り奴は家にいたらしく、どうかしました？　なんて軽い調子だった。

「あのさ……俺、サトミと喧嘩した」

『何やってんすかフクダさん』

「あー、いや、あの……サトミが家についたら、メールくれる？　ちょっと心配でさ」

タクシーに乗り込んだところまでは見届けたが、ちゃんと家に帰れるか少し心配だった。その日は金曜日だったし、変な輩《やから》にからまれでもしたら大変だ。

『オッケーっす。早く仲直りしてくださいね！』

「善処する……」

タツヤとの電話が終わると、メールが届いていた。せわしないな、と受信ボックスを開くと、サトミからだった。

【少し、疲れました。おやすみ。】

メールに書かれたのはそれだけ。俺は無性に腹が立った。なんだよ、俺がこんなに心配してやってるのに！

返信はしなかった。というか、どう返信しろと言うのだ。俺はそのままにしていたカップラーメンを片づけ、携帯を握りしめたままベッドに入る。まだ九時にもなっていないが、もう何もやる気が起きなかったのだ。

三十分経って、タツヤから「無事に姉ちゃんが帰ってきました」というメールが来てほっとした。あんなに怒っていたのに、ちゃんと家に帰ったと知るだけでこれだけ安心できるなんて。……俺ってめんどくさい奴、と今更な自覚を抱きながら、俺は眠りに落ちた。


目が覚めると、多少なり冷静な考えができるようになっていた。

昨夜のことを思い返し、じわじわと後悔の念が生まれる。

俺は、サトミを怒らせたのだろうか……？

当たり前だろう、何を言っているんだ俺は。俺は昨日、何をした？

「あー……やっちまった……」

その日はまったく仕事が手につかなかった。立ち会いの現場もぼんやりと眺めていただけだ。

現場仕事が終わると、俺はすぐに携帯を取り出して一通のメールを打った。何もなかったかのように、自然に、自然に……。

【今日、早く終わりそうだから飯食べに行かない？】

祈るような気持ちでメールを送信すると、俺はとにかく急ぎの仕事だけを終わらせ、週明けに回せる仕事はすべて見なかったことにした。

夏の夕方は明るい。まだ高い日を見ながら、俺は会社を出た。土曜の街は幸せそうなカップルやら家族連れでざわついていた。くそっ、爆発しろ。

サトミからの返事はなかった。たぶん、まだ仕事中なのだろう。サトミは基本的にまじめな人間なので、勤務時間中に私用のメールや電話をすることは滅多にない。だからに違いない、そう信じて、俺はひとまず家に帰ることにした。

電車の中、携帯を何度も開けたり閉めたりしながら、発作的に後悔に押しつぶされそうになる。何であんなことをしたんだ俺は。タイムマシンがあったら昨夜の俺をぶん殴ってやりたい。あんなことがしたかったわけじゃないのに……。

ふと電車の窓を見ると、情けない顔をした男が映りこんでいた。その男を、ぶっさいくな顔、と鼻で笑ってやった。

サトミから返信がないまま、家の前まで着いてしまった。鍵を開けようと鞄の中をあさっていると、胸ポケットに振動が走る。携帯が、メールの受信を告げた。俺は鞄を落としそうになりながら慌てて携帯を取り出すと、受信メールを確認する。差出人は——サトミだった。

まだ怒ってるかな……。不安になりながらメールを、開く。

【今日はしんどいのでいいです。】

本文はそれだけだった。

あれ？　おかしいな、続きを受信できない……。もしくはスクロールバー壊れた？

なんて茶番、ただの現実逃避だ。

「なんっじゃそりゃー!!!」

俺は……キレた。自分勝手なのはよくわかっている。わかっているけれども！　でも！　だからって！　誘われておいてこれはねーんじゃねーの！　もっと言いようがあったんじゃないの!?

鍵を開けて、俺は方々に靴を脱ぎ捨てながら部屋の中へと進む。鞄を適当に放って、ネクタイとジャケットを脱ぎ捨てる。

「あ――――もうダメだ！　なんでそこまで怒るかな！　いやもともと悪いのは俺ですよ？　それは認めますよ？　だからってさぁ！」

隣人がいないことを祈りながら、大声で独り言を発する。そうでもしなければ、頭の中が怒りでパンクしそうだった。

「……浮気してやる」

クーラーのスイッチを入れ、偽りの恋人の元へ向かう。クローゼットを開けると、積み重ねた収納ケースの隙間に彼女――エロＤＶＤはいた。

むしゃくしゃしたときはやっぱりこれですよね。今日ばかりは右手が恋人で良いです。とりあえず俺は、すっきりしたかった。

サトミに見つからないように隠されたそれを取り出そうとするも、上に乗ったケースが重いのかなかなか出てこない。

くそっ……ＤＶＤごときがこの俺に逆らおうというのか……！

どうやらイライラがすぎて、一周回って楽しくなってきたらしい。俺は一度ケースから手を離し、指の関節を鳴らす動作をした。うまい具合に音なんて鳴らないので、その辺は脳内で補完する。

「ふふふ……良い度胸じゃねぇか……！」

俺は勢いを付けて、ＤＶＤの挟まっている隙間に両手の指を突っ込んだ……！

「うおおお！　やったらんかいっ!!!」

そして思いっきり……持ち上げた!!

ら、

「げっ」

ケースのさらに上、積まれた荷物がすべて……俺に降りかかってきた。

「うわあああああっ!!!!」

収納ケースだの紙袋だの鞄だのにおそわれ、俺は思わず尻餅を着いた。不織布の柔らかいケースで良かった、と心の底から思う。この箱がプラスチックとかだったら、今頃顔や腕中がミミズ腫《ば》れだらけになっていたところだ。

目的のＤＶＤは無事手中に入った。入ったけれど……その代償は大きかった。あたり一面は荷物の海。どーすんだこれ……。途方に暮れたところで状況は変わらないので、俺は渋々散らばったものをかき集め始めた。

もう……なんか何もかもどうでも良い。死んでしまいたい、というほどの積極性はないけれど、消えられるものなら泡のように消えてしまいたかった。

中身が飛び出したファイルの間に、それは挟まっていた。

「ん？」

端が折れ曲がった数枚の写真、その背景はすべて青かった。たぶん、高校時代の……あの夏に撮ったものだろう。

「すげ、懐かし……」

俺はその場にあぐらをかいて、一枚一枚、その写真を確認する。水着の女子を見て鼻の下をのばしているイタクラ、俺のことを好きだったミユキをはじめ、女子校の女の子たち……もちろん、俺とサトミも映っていた。モリ君が写っているものがほとんどないのは、たぶん彼が撮った写真だからだろう。ついでに、（前略）ピザ（後略）が写った写真もなかった。

だいたいがカメラ目線のものだったけれど、こっそり撮られた写真も何枚かあった。サトミとツーショットで撮られた写真、写っている俺の顔は……楽しそうだった。サトミもうれしそうに笑っている。モリ君、良い腕してるな。こっちの道に進めば良かったのに。

じんわりと、体の真ん中から温もりが広がる。少しずつ、少しずつ……それこそアルバムをめくるように、俺の中にいろいろなものがよみがえってきた。


サトミと初めて話した教室。

学級委員に選ばれ、一緒に居残りしたこと。

趣味の話で盛り上がった夏の電車の中。

文化祭、そして引っ越し……。

一度目の再会は、夜の海だった。

夕暮れの中、真っ暗になるまで話した。

二人乗りの自転車で駆け下りた坂道。そういやあの後、初めて告白したんだっけ。返事は今じゃなくて良い、って言ったら、三年も答えをもらえなかった。

二度目の再会は、梅雨の電車の中。

もう一回告白して……振られた。あのときは半ばやけくそだったよね。俺から別れを切り出した。今考えても意味わかんない。

三度目の出会いは……できすぎていて二人で爆笑した。

水族館でのデートで、三度目の告白。やっと、ＯＫをもらえた。

そして……。

思い出したらキリがないくらい、いろいろなことがあった。だって、十三年だ。十三年間ずっと、俺はサトミを……。

ぶわっとこみ上げるものがあって、俺は唇を噛みしめる。立ち上がって、たった今片づけた荷物を全部――部屋に投げ出した。

どこだ？　どこにある？

覚えているのは、古ぼけた菓子の空き缶。

持ってきているはずだ。この中のどこかに、必ずある……。

クローゼットの中身を全部出すくらいの勢いで、俺はそれを探した。そしてようやく……探し求めた缶を、引っ張り出した。

「あった……！」

床を占領する荷物を少しだけ除《の》けて、座るスペースを作る。そこに正座し、恭しく、缶の蓋を開けた。

中に入っていたのは、数枚の年賀状と——一通のラブレター。

元は白かったその封筒は、今は黄ばんでカサカサしていた。その上何度も持ち出したせいでしわだらけ。それでも、中学生の俺ができるだけ綺麗な字で書こうと、何度も下書きをした痕はまだしっかりと残っていた。

抑えていた涙が滲む。それをシャツの袖で乱暴に拭って、俺は笑った。

中学生の……いや、過去のすべての自分が問いかけているようだった。

なあ、俺はこんなにもサトミが好きだよ。お前はどうなんだ？

ああ、俺も大好きだよ。大好きだけど……俺はサトミを怒らせてしまったよ。

そういえば、サトミが本気で怒ったところを俺は見たことがなかった。サトミは怒らない奴だと勝手に思っていたんだ。そして……そこにつけ込むように、知らず知らずのうちに甘えていたんだと思う。

俺はずっとサトミを待っていた。でも、サトミも俺を待っていてくれた。付き合い始めてからは特にそうだ。この間なんか、約束したのになかなか仕事が終わらず、会社の前で四時間近く待たせたことがあった。それでも、サトミは文句も言わずに笑顔で迎えてくれた。

サトミが「彼女」になったから、油断していたんだ。すべてを許してくれる存在だと勘違いしていた。そんなことあるはずないのにな。サトミは女神様なんかじゃない、一人の人間なんだ。

一人の人間ということは、出会いも、別れもある。つまり……俺に愛想を尽かして、他の男のところに行ってしまう可能性もあるわけで。

それは絶対に、嫌だった。サトミを誰にも渡したくない。俺は手にしたラブレターをじっと見つめ……決断した。

サトミに、プロポーズすることを。

【昔話をしたくなった】

パソコンを立ち上げ、電子掲示板サイトにアクセスする。タイトルの入力ボックスにそれだけ打ち込むと、「新規スレッド作成」ボタンをクリックした。

たばこに火をつけて、深く吸い込む。スレッドが立ったのを見届けると、息を吐き出しながら文字を打ち込んでいく。

これが、この物語の始まりだ。

膨大な数のスレがひしめく投稿サイトの中の、たった一つでしかないこのスレに、思いつくままサトミとの思い出を書き込んでいく。

誰でも良い、話を聞いてもらいたかった。自分の想いを文章にまとめることで、何より自分自身に勇気をもらいたかった。背中を押してもらいたかった。

サトミと会えない日々を、過去の自分と向き合いながら、段々と自分以外の書き込みが増えていくのを見ながら、過ごした。

そして、一週間後。

『ごめん、急に会社の飲み会が入っちゃって……。大事な話があるって言ってたのに、ごめんね』

「良いって。楽しんでこいよ」

九月十八日、金曜日のこと。俺たちが付き合い始めた記念日に、俺はプロポーズするつもりだった。しかしまたタイミング悪く……ご覧の有様である。

喧嘩の後、二回ほど電話した。もうサトミは怒っていないようだったけれど、お互い仕事が忙しくまだ一度も顔を合わせていない。電話とメールのやりとりだけでは、ギクシャクした空気を消し去ることはできなかった。

サトミとの電話を終えて、俺は泣きそうになった。こんなにサトミが好きなのに。ずっとずっとサトミのことを想ってきたのに……なんでこんなに気まずくなってるんだよ。一週間前の俺にラリアットかけてやりたい。そんな想いでいっぱいになっていた。

そして俺は、二度目の暴挙に出た。

「急ですみません。明日有休いただきます。つか明日からの連休中、仕事に出られません」

あのときの課長の呆然とした顔は、きっと一生忘れない。

翌朝、部屋のカーテンを開けた俺はサトミにメールを打った。

【おはよう。今日は良い天気だねぇ。連絡待ってます】

しばらくして、サトミから着信があった。俺は即座に反応し、コール一回で電話に出る。

『おはよう。良い天気だね』

「うん」

『……』

挨拶がすむと、何故かサトミは黙り込んでしまった。何か、言いにくいことでもあるのだろうか……。ゴクリと生唾を飲む。

『今日からね、連休中は実家に帰ろうと思ってるの』

当時、新しく導入された休日制度の関係で、十九日の土曜日から二十三日の水曜日までの五連休が発生した。

課長が驚きで何も言えなくなったのも頷けるよね。四年間働いて一度しか有休を取ったことのない俺が、いきなり五連休よこせって言い出したんだから。

さて、次に呆然として何も言えなくなったのは俺だった。

『ユウ君、仕事でしょ？』

「いや……休みを取った……」

『え？』

「昨日会えなかったから……」

『そう……だったんだ……ごめん』

「いや、俺も……ちゃんと話してなかったし」

お互い、また黙り込んでしまった。どうにもうまくいかない。

『なんか……ダメだねぇ、私たち』

サトミが自嘲気味に笑う。思ってみたら、俺たちはここぞというところでタイミングが悪いよね。ダメなんだな、俺たち。

その言葉が、まるで水面に放り込まれた石みたいに、いつまでも心に波紋を広げていく。

帰ってきたら連絡するね。そう言って、サトミは電話を切った。久しぶりに吐きそうなほど、俺はへこんでいた。

そもそもこのタイミングの悪さで、いっつもすれ違っていたんだよね。

ああ、やっぱりダメなのかな……。これまでの嫌な思い出が、ぐるぐると頭の中をかき乱す。うつだしのう。

食欲もなく部屋で一人うなだれていると、携帯が鳴った。表示されている名前を見て、こいつは本当何なんだろう、と心の底から思った。

イタクラだった。

『こんにちは!!　おはようからおやすみまであなたのそばに☆　イタクラです！』

そしてこのテンションである。もうつっこむ気にもなれない。

「ああ……久しぶり」

『くっらああああ!?　暗いなお前！　世の中は唐突に現れた大型連休で浮かれきっているというのに!!』

「声がでけーよ……」

俺だって今朝までは浮かれていた奴の一人だったよ。今は就職後初めてなんじゃないかっつー五連休を、どう過ごしていいのか途方に暮れてる孤独な男だけどな。

『何、とうとうイシハラと別れたか？』

「はは……そうなるかもなー」

ぽろりと弱音を吐く。驚くかなーと思ったが、イタクラの声は酷くあっさりしたものだった。

『あ、そう。じゃあ今から行くね☆』

「は？」

『私メリー。今、アナタノ家ノ側ニイルノ』

裏声、さらに片言でしゃべるモリ君と思われる声が聞こえる。一瞬何のネタかと思ったが、一つだけ当てはまる記憶があった。

「ちょ、なんつー懐かしい思い出を」

『あのときのパンチ……忘れられないぜ……なんてねー』

「つか何、近くにいんの？　なんなの？」

『いやー急に行ってお前がイシハラとチョメチョメしてたら嫌だなーと思って電話してみました』

いつの間にか、話し手はイタクラに戻っていた。ああ、お前も気を遣えるようになったんだな……じゃなくて。

『イシハラがいねーならいいや！　んじゃまた後で！』

「いやいやいやいや何でいるのかってそれを聞きたいんだがって切れたー!?」

前言撤回。全然気を遣えてないよ？　なんであの二人は唐突に人の都合を聞かずにやって来ちゃうのかな!!

十分後、俺の部屋の人口は三人になっていた。どうやらモリ君の車でここまで来たらしい。

「え、車で東京までってかなり時間かかるんじゃ……」

「七時間かかった」

「……今日俺が仕事だったらどうする気だったの……？」

このタイミングの良さの半分で良いから、俺とサトミに分けてほしいわ。

「で？　イシハラさんと別れそうとのことだが。詳しく話を聞かせてもらおうじゃないか」

モリ君が一升瓶を片手に、尋問の体勢を取った。俺は懺悔《ざんげ》する気持ちで……ここ二週間のことを二人に話した。

「そっか、お疲れ!!」

「ちくしょー既婚者の余裕見せつけやがって!!」

「ふはははこの紋所が目に入らぬかぁ！」

イタクラが左手の薬指を見せつけてくる。奴は就職して早々に結婚していた。金がなくてジミ婚だったけど。

「馬鹿だなぁ!!　昔から本当に君は馬鹿だなぁ!!」

一方、俺と同じくまだ独身のモリ君は、腹を抱えて大笑いしていた。たぶん、酔っていたんだろう。

「認めたくないものだな……、自分自身の……若さゆえの過ちというものを……!」

うん、酔ってるな。そうに違いない。

俺もやけになって、その日は飲みまくった。そして意識を飛ばすようにして……眠りについた。

頬をぺちぺちと叩かれる感触で目が覚めた。寝ぼけ眼《まなこ》で起き上がると、イタクラとモリ君が俺を囲んで座っている。あれ、デジャビュ……。

「なに……？」

二人はすでにきっちりと服を着込み、荷物を持っていた。ああ、帰るのかな……なんてぼんやりしていると、イタクラに思いっきり背中を叩かれた。

「三分で支度しろ!!」

「え？」

「早く!　渋滞が酷そうだから」

「え??　どこ……行くの……？」

「イシハラん所に決まってるだろうが!!!」

何、このどこまでも既視感バリバリの状況……。俺はまだ酒が残ってうまく働かない頭で、とりあえず二人が本気だということだけは理解した。本気と書いてマジと読む。あれ、真剣だっけ？

「ちなみに、三分過ぎたらマジで放っていく」

イタクラの低い声に、俺は焦って着替え始めた。

「あ……歯、磨いても良い？」

「高速で磨け」

「はい……」

最低限身支度がすむと、俺は財布だけ持って外に出ようとした。……が、鍵をかける前にあることに気がついて、再度ドアを開けた。

そうだ、ラブレター……！

「フクダぁ！　早くしろよ！」

「ちょっと待って!!」

俺は靴を脱ぐのももどかしく、土足のまま部屋へと入っていく。そしてラブレターを掴むと、急いで車まで走った。

「さてさてさて？　なーんか中学の頃を思い出すなぁ」

「あのときは家に誰もいなかったねぇ」

テンション高く、二人がにやにやと笑う。ドアが閉まる音を合図に、モリ君がアクセルを思い切り踏み込み、車は急発進した。

「うおっ……ちょ、モリ君……運転、俺がしようか……？」

一抹の不安を覚えた俺がそう提案すると、助手席から腕が伸びてきて、脳天にチョップを食らう。

「フクダ、お前はプロポーズの言葉でも考えておけ！」

胸のあたりに火がついたように、熱いものがこみ上げる。二人は「振られる瞬間が見たい」だとか、「ダメだったらスケボーで家に帰れよ」なんて茶化しているが、それは照れ隠しなんだろうな、ということが薄々感じられた。

涙が出そうになった。ぐっと眉間に力を入れると
「泣くのは、まだ早い」

イタクラの男前な声が聞こえた。馬鹿、逆効果だよ。そう思いながら俺は、うん、と頷いた。

本当に本当に、最高の親友を持ててうれしいよ。お前らみたいな友達を持てたことが、俺の誇りだよ。

でも、それを伝えるのは俺が死ぬときか、あるいはこいつらが死ぬときで良い。今は照れくさくて絶対に言えないけれど、そのときが来たら絶対にそう言おう。

「今度こそ男を見せろよ」

「これまでみたいに不発にならないことを祈るよ」

バックミラー越しに、二人の笑顔が見える。俺は鼻をすすりながら、ありがとうと繰り返す。

「それと、何度も付き合わせてごめん……！」

言うまい、と思ったけれど、ぽろりとこぼれた謝罪に、イタクラは、

「何を今更。俺はお前のチンポを舐めた男だぜ？　最後まで尻拭いしてやるよ!!」

言わんで良いことを口走った。

「え？」

ハンドルを握るモリ君の声が、凍る。

「おいいいいい!!!　お前ずっと黙ってた俺の黒歴史言っててんじゃねーよ!?」

「あー？　小学生の頃の話だろ。時効だ時効」

「えー、そんな頃からそんな濃いプレイ？　ひくわー」

「待ってお願い、弁解させて、弁解させてモリ君!!」

「あ、触らないでもらえます？　つか僕なんのために車走らせてるのかわからなくなってきた」

「いやああああああ!!!」

前言撤回、前言撤回!!!

今まさに壊れつつある友情を乗せて、車は高速道路に乗った。


大型連休の二日目だ、ということを失念していたわけではないのだが。

車は渋滞に完全に巻き込まれ、九時間かけてようやく地元にたどり着いた。時刻は夜の九時を回っている。ここからさらに、サトミの家まで二時間近くかかるだろう。

俺たちはげんなり……するどころか、むしろハイになっていた。

「ふぅぅぅぅ来たぜ来たぜ!!　ここまで来たら後少しだ！　行っくぜぇぇぇぇぇぇぇぇぇぇ!!!」

「WRYYYYYYY!!!」

テンションが高すぎて軽く狂っていた。

懐かしい街並みに鼓動が早くなっていくのを感じる。サトミがいる街にたどり着いたのだ。もう少しで、サトミに会える……！

サトミの家の近くに着いたのは、予想通り十一時を少し過ぎた頃だった。

「てかさ……」

急に静かになった車内で、イタクラがぽつりとつぶやく。

「イシハラ……家にいるの？」

「え？」

それはどういう意味で？

「他の男の家にいるとか……そもそも帰った先は実家じゃないとか……」

「なんで君はこのタイミングでそういうこと言うの？」

「ああ……あるある」

「モリ君まで!!」

「さて……特攻かける前にロープでも買いに行くか。首を吊る用に」

「やめて……マジな気がしてくるからやめてあげて……俺のライフはもうゼロよ……」

二人（というか主にイタクラ）が不安を煽《あお》ったせいか、異様に緊張してきた。……やばい、吐きそう。指先が冷えて、爪が紫色になっていた。

「というかさ……」

今度はモリ君が、そういえば、というふうに

「婚約指輪とか……用意しないの？」

「あ」

完全に、失念していました。そうですよね、プロポーズといったら……指輪の箱を開けて、中身を見せてするものですよね？

「さて……出直すか！」

「まあ、それが良いかもね」

たぶん、二人は少し怖じ気づいていたのかもしれない。その横顔は緊張していた。

他の人が緊張すると、逆に冷静になれるときってあるよね。

そのときの俺がそうだった。俺は二人を無視して——覚悟を決めた。

「あのさ……」

「うん？　何だ、帰る気になったか」

「いや、エンジン切ってさ、少し離れたところにいてくれない？」

俺が車から降りると、二人は頷いて俺の言葉通りにしてくれた。

近くの公園に入り、夜空を見上げる。六年前、一緒に見上げた夜空。

ここで振られて、そして……この街で、再び出会うと、出会ってみせると誓った。運命なんて作ってやると。

深呼吸をして、夏の夜の湿っぽい空気を肺いっぱいに吸い込む。

今、俺は再びこの場所で誓いを立てようとしている。

永遠に、サトミを守り抜くと。

携帯を取り出して、短いメールを作成する。「今、電話しても良い？」

あの日座ったベンチに一人で座り、サトミの返信を待つ。さすがに穏やかな気持ちで待つことはできなかったので、俺は途中で買ったたばこに火をつけた。

十五分。俺の中で不安な気持ちが出てきた頃、携帯が鳴った。口から心臓が出るんじゃないかというほど驚いてから画面を確認すると、サトミからだった。来た……‼

「もしもし……！」

俺の声は、すごく焦っていたと思う。

『……ごめん、お風呂に入ってた』

俺の様子に戸惑ったのか、サトミがおそるおそる、というふうに応える。なんだか、最近はサトミの謝る声ばかり聞いている気がする。

「そ、そうだったんだ。……あの、さ、」

すごく……ものすごく、緊張してきた。悟られないように、ゆっくり呼吸をする。

『うん』

「……来ちゃった」

どう切り出すか迷ったあげく、俺はおどけて、そう言った。

『へっ？』

不意をつかれたサトミの声。上ずっちゃって、かーわいい。

……なんて思う余裕はなかったのだけど。

「あ、いやその……来ちゃったんだ、実は」

『どこに……？』

「えっと……その、サトミの家の……前？」

『うそっ』

ガサガサと電波越しにサトミが移動する音がする。シャッとカーテンが開く音がして、

『え？　どこどこ？　いないよ？』

いつもより幼いサトミの声が、俺を捜していた。

「いや、近くの公園にいるんだ。その……どうしたらいいかな？」

押し掛けておいて聞くなよ。案の定、サトミは困ったように「えー」とか、「うー」とか言っている。

『ええっと、お風呂上がったばかりで髪が濡れてるんだけど……とりあえず乾かして……あっ、そうだ、お父さん……』

どうしよう、と小さい声。そういえば、サトミのお父さんは門限に厳しい人だったな。すっかり忘れていた。

『……ねえ、ユウ君』

「うん？」

『ちょっと待ってもらって良い？　お父さんが寝てからなら……行けると思う』

「わかった。待ってるよ」

『ごめんね』

「良いって。俺が勝手に来ただけだし。……いつまでも待つよ」

電話を切った後、俺はイタクラにメールをした。

【少し遅くなる。先に帰ってて良いよ】

返信はすぐに来た。

【待つわ。アタシ、待つわ】

なんて健気《けなげ》な奴なんだろう……！　俺は……否、俺らは、待った。

俺はうれしかった。一緒に待っていてくれる人がいる。サトミも、夜中に抜け出してまで俺に会おうとしてくれる。

サトミに会えるんだ。大好きなサトミに。俺は朝までだって、いや、いつまでも待つ気でいた。

こんなにサトミが大好きなのに、どうして喧嘩なんてしてしまったんだろう。俺は心の底から反省して、後悔した。

もしサトミに別れ話を持ちかけられたら……そう思うと怖くてたまらない。今日は涙腺がゆるくなっているのかな。俺はまた泣きそうになっていた。

携帯灰皿がたばこで埋まってしまった頃、物音一つしなかった深夜の街に、足音が響いた。

サトミだった。小走りでやってきたサトミが俺を見て……ぱっと、笑った。それを見た瞬間、俺の中にあったすべての不安が消し飛んでいく。

立ち上がる。目の前に、サトミがいる。少し息を切らして、それでもにっこりと笑っている。もうそれだけで満足だった。涙が出そうなくらい、幸せだった。

ぎゅっと、サトミを抱きしめる。髪からシャンプーの良い匂いがする。サトミも抱き返してくれた。そして「たばこ臭い」とくすりと笑った。

「どうしたの？」

サトミが優しい声で問いかける。

「……好きだ、サトミ」

「……うん」

「あのさ、」

サトミの肩をつかんで、じっと顔を見る。俺は車の中で考えていたプロポーズの言葉を、一回頭の中でなぞってから、口にした。

「俺の墓参りに……来てくれないか……？」

噛まずに言えた。決まった……！　俺はそう確信し、サトミの返事を待った。

しかし、サトミはきょとん、としてから
「え？　墓参り……？　ええ⁇　どういうこと？」

意味がわからない、という顔で俺の顔を凝視した。

しまった……最近なりを潜めていたから忘れがちだったが、彼女は天然だった。俺は慌てて補足しようとした。

「違う違う、これは……」

「どうしたの？　どこか体悪いの？　大丈夫⁇」

ええい、この天然娘が‼

「違うって、そうじゃなくて……」

「ユウ君、」

サトミが心配そうな顔で、ぎゅっとすがるように俺の服を掴む。少し目が潤んでいた。……本気で心配してくれているようだ。

そんなサトミが愛《いと》しくて愛しくて。俺は……なんだか笑えてきた。

「えっ？　何で笑うの？　どうしたの？」

「ごめん、あのさ」

俺はポケットから、ラブレターを取り出した。一歩後ろに下がって、両手でそれを差し出す。

「これ、読んでください」

「……何これ？」

「ラブレター」

にっと笑う。

「実はさ、中学のときに書いたやつなんだ。サトミに渡そうと思ったら……お前、引っ越すんだもん。ずっと渡したくて、でも渡せなくて。だから……今、お前に渡すよ。受け取ってくれる？」

発破《はっぱ》をかけられて勢いのまま書き、それからずっと開けられることがなかったその手紙。自分でも、もうなんて書いたか忘れてしまった。

ただ、「サトミが好きだよ」って書いてあることは、確かだ。

「……読んでも、良い？」

慎重に、まるで卒業証書でも授与されるかのような厳粛さで、サトミは手紙を受け取った。チラッと俺を伺って、言う。

「うん。俺も一緒に読んで良い？」

サトミは笑いながら頷いて、封を開けた。あの日願ったとおり、サトミの手によって、その中身は再び日の目を見ることになった。……夜だけどさ。


そこにはこんなことが書いてあった。

イシハラさんへ

イシハラさん、お元気ですか？

僕は元気です。突然ですが僕はイシハラさんが好きです。

ずっと好きでした。引っ越しするのはつらいです。

イシハラさんに会えなくなるのは、つらいです。

もしよければ、これからも電話とか、手紙とか、あと、会いたいです。

今はもしダメでも、これからも僕はずっとイシハラさんが好きなので、イシハラさんが僕を必要とすればいつでもどこへでも行きます。

どんなことがあっても好きです。

信じてください。


汚い字だった。俺は読み終わったとたん、サトミからその手紙を奪い取りたかった。もう恥ずかしくて顔から火を噴くかと思った。

様子を伺うと、サトミも文面を見ながらふるえていた。これは絶対笑いをこらえているんだろうな、と思った俺は、その後に聞こえた音に正直、すごく驚いた。

グスグスと鼻をすすりながら、サトミは泣いていた。

目にいっぱいの涙を浮かべて、俺を見上げる。

瞬きした拍子に涙がこぼれていった。

「……サトミ」

俺が名前を呼ぶと、サトミは何も言わずに泣き出した。どうして良いのかわからずおろおろしていると、サトミはぼろぼろと涙を流しながら……笑った。

「ありがとう……本当に、ありがとう……！」

俺の胸に額をぐりぐりと押しつけて、サトミは何度も何度もそう言った。もう一度、サトミを抱きしめる。

あんなに稚拙《ちせつ》で、きったない字で書かれたラブレターを読んで、泣いてくれるなんて。

うれしくてうれしくてたまらなかった俺の口から、自然に言葉が流れ出した。

「サトミ……結婚してくれ……！」

ぴくりと肩が揺れて、大きな目が俺を見据える。

「必ず……必ず幸せにするから……頼む、結婚してくれ！」

俺はサトミの目を見て、もう一度言った。サトミは黙ったまま、俺を見上げている。そして
「あ……さっきの墓参りって……」

今頃気づいたのか、そうつぶやいた。

「そう、そういう意味だったの」

俺が笑うと、サトミもつられて笑った。やっと通じた。

ぎゅうっと、力一杯サトミが抱きついてくる。

「……はい」

俺の大好きな笑顔。涙がこみ上げてきて、その顔を見られないように抱きしめ返す。

「ずっと、……ずーっと側にいてね」

「もちろん！」

「私も……側にいるよ」

俺とサトミは、お互いぎゅうぎゅうと抱きしめ合う。

あの日、二つに分けられて離ればなれになった消しゴムが、今、ぴったりと……一つになった。

黒ずんだり、欠けたりしたところもあるけれど……

断面だけは、片割れをずっと待って、綺麗なままだったんだ——。


「サトミ……」

キスがしたい、と思った。ちょっとだけ腕をゆるめサトミの顔を見ると、同じ気持ちだったのが、照れたように笑ってから目を閉じた。

キス待ち顔たまらん……。肩を抱いてかがみ込む。そのときだ。

ガサガサ
後ろの植え込みから物音がした。なんだろうと顔を上げた、次の瞬間。

「コングラッチュレィショーン!!!!!」

「ふぅうううおめっとー!!!」

ずっと隠れていたんだろう、イタクラとモリ君が叫びながら飛び出してきた。

サトミはびっくりしすぎて、目が点になっている。

「え？　何？　イタクラ君とモリ君……？　なんで？」

「お前ら遅ぇよ！　めっちゃ蚊に食われたわ！」

「何なのお前ら!?　今良い雰囲気だったじゃん！　頼むから空気読んでくれよ！」

「何はともあれおめでとう！　そしておめでとう!!」

「人の話を聞け！」

真夜中だというのに、興奮しきった二人は叫び続ける。きっと感極まってしまったんだろう。喜んでくれるのはうれしいけど、もうちょっと、せめてあと三分我慢してほしかった！

いまだ状況が飲み込めず目を白黒させる（当たり前か）サトミに、俺は簡単に事情を説明した。

すると、

「ありがとう、二人とも」

サトミは満面の笑みで二人にそう言った。

「……おい、なんでお前ら顔赤くしてんだよ」

「いやぁ、そりゃー、ねぇ？」

「てめー嫁さんにチクるぞ！」

「それだけはやめて！」

今にも泣き出しそうなくらい懇願するイタクラを、俺は頭を一発殴ることで許してやった。

その後、サトミを家まで送り届けると、興奮さめやらぬまま俺たちは……何故か真っ裸で川へと飛び込んだ。いい年してはしゃぎまわっていた。都会だったら即通報されていただろうね。田舎で良かった。

これで俺の昔話はおしまい。

近々、サトミのご両親に挨拶に行くことになっている。やっぱり、「娘さんを僕にください」とか言うべきなのだろうか？

あとそうだな、ついでだから他のみんなの「今」も話しておこうか。

マツダイラに彼氏ができました。大事にしてもらっているらしく、最近なんだか綺麗になった気がする。

タツヤは大学の頃から付き合っている彼女がいて、その子と結婚を考えているとのこと。意外とまじめにお付き合いしていたようだ。

そういえば、実家に帰ったらカズミからハガキが届いていた。そこにはなんと……赤子の写真が。「今、ものすご――――く幸せです」と手書きの文字が入っていて、うらやましくなった。幸せになって、本当に良かった。

モリ君はというと……眼鏡をコンタクトに変えてから、異様にモテているらしい。まだ特定の子はいないようで、そのモテ無双っぷりを語るたびにイタクラに殴られている。

今思い返すと、中学生のあの日に言われたことがそのまま実現していて笑ってしまった。イタクラのラブレターだけでなく、モリ君が言った「くっつく前に喧嘩する」だ。本当ベッタベタな恋をしてきたんだな、俺たち。

中学から高校、大学、そして社会人になって、いろんな人と出会った。いろんな人と別れた。

どれも「運命」の一言じゃ片づけられないくらい、大事なものだ。

俺の小指に巻かれた赤い糸。

人と出会うたびに、いろんな糸と絡み合って先が見えにくくなってしまうけど
もしそれが君に続いていなかったとしても、俺は君を探しに行くよ。
何度切れたって、他の人につながっていたって。
結んでしまえばこっちのもんだろ?
一本の綺麗な糸よりも、何度もつなげた糸の方がきっと強いはずだから。

不格好だって良い。
俺は、君と一緒にいたい。
たとえ運命の相手じゃなくたって
諦めなければ、運命は作れるんだ。

FUKUDA(w)

こんにちは。FUKUDA（W）の日本語講座にようこそ。

さて、皆さんは「晴天の霹靂」と言う言葉をご存知でしょうか？難しい言葉ですね。それでは今からこの言葉の実用的な使用方法をご覧に入れましょう。

あれはゴールデンウィークの真っ只中だった。俺はいつもの様に仕事…。うん。そうなんだ。ウチの会社は今時珍しいブラックなんです。

確かに以前よりかは、かなり改善された。それは認める。若手社員は結構休めるしね。うん。でも組合に関係ない管理職はね、馬車馬の様にこき使われるんです。俺のお小遣いも増えないほどの役職手当てで。

まあ、それは良いや。そんな感じで俺はパソコンの前に座り、社内コストの削減方針をまとめていた。「社長以下仕事をしない役員方の報酬を削るのがコスト削減に繋がります」とタイプしようとした時の事。

突然、親友の眼鏡・モリから携帯にＵＲＬが届いた。

『なにわ男子・大橋和也連ドラ初主演』

モリ「ドラマ化すんの？」

俺「…はあ？」

サイトを確認する。…ふむふむ、なにわ男子が主演ねぇ。何の漫画？…消しゴムを…くれた…？

俺「はあああああああああ？？？！！！」

モリ「分かった？」

俺「はああああああ？？？ええええええ？？？？」

モリ「あ、やっぱり知らなかったんだｗ」

俺「知らねえええええ！！！てか、何ぞこれええええええええ！！！」

モリ「七月からだって。凄いねぇ…あ、ちなみに俺の役は小沢仁志で」

俺「七月ってえええ！！！え？何で、俺知らんし！！！ほんで、何で顔面凶器だよ！！！」

俺は大慌てで、出版社の人との連絡用に使っていたＧｍａｉｌを確認しようとした。だが、しばらく、って言うか十年近く使用していなかったので、メアドとパスを必死に思い出した。何とか思い出して二回パスの間違いをしてメールを開く。その間もモリ君は最近小沢仁志にハマっている話をしていたが、そんなん知らん。

メールを確認すると確かに出版社の人から三通、俺に「ドラマ化のオファーが有るので連絡が欲しい」旨が来ていた。

いや、このメール捨てアドのつもりだったから見ねえし！慌てて、未だに小沢仁志の話をしているモリ君を無視して電話を切り、すぐに出版社の担当さんに連絡。すぐに電話は繋がった。何故か俺は滅茶苦茶テンパり状態。

俺「あ、あの、えっとですね…あの以前、いや十年位前に…」

担当さん「…ＦＵＫＵＤＡ（Ｗ）さんですか!?」

重版出来御礼のあとがき

俺「そうっす!!」

そこから確認するに、俺は一度私用携帯の番号を変更。今年の頭にテレビ局からドラマ化のオファーがあり、それを俺に伝え様にもメールも電話も繋がらない。しかも俺は三年前に引越し。

担当さんは、俺の口座に振込人の名前を「出版社名・電話番号・レンラククレ」として「一円」ずつ振込をしたが、**（何そのスパイの様な連絡方法！）**俺からは反応なしで困っていたそうだ。しかしＦＵＫＵＤＡ（Ｗ）なら事後承諾でも分かってくれると固く信じていたそうだ**（何その謎の絆…）**

一応、俺は携帯番号を変えた際に全員にショートメールを送ったのだが、彼も機種変をしており、その連絡先を見失っていた様だ。

色々不運が重なりこういう結果に繋がったのだが…そこから面倒臭かった。

その数十分後にはもう一人、ガイコツ野郎から電話が有ったのだが、コイツが俺より大興奮で手がつけられない。

イタクラ「おいおい、本物の石原さとみに会えるぞ！」

俺「いや、会えねーし」

イタクラ「楽屋挨拶行くぞ！大橋君に握手してもらうぞ！」

俺「いや、何でお前が行くんだよ、ってか無理に決まってんだろ」

イタクラ「てか、何でそんな冷めてんだよ！」

俺「う〜ん、何かお前が興奮すればする程に…なんか冷める」

イタクラ「はあああああ？？？どうでも良いけど俺の役は哀川翔だぞ！！！！」

俺「いや、何でお前らＶシネマなんだよ」

と、言う感じでその後、更にモリ君が加わり、グループ通話で仕事にならなかった。

十三年前、俺はネット掲示板に自分の過去の話、そして現在の話を綴った。それはその後、タイトルが変わり動画配信された。そして、その話が小説の形にまとめられて出版されたのだった。思い返してみると、あの頃って平和だった。馬鹿な話を皆が笑ってくれる余裕があった。

あの日、皆に祝福されて一緒に人生を歩む様になったサトミは今や二児の母です。俺はというと一姫二太郎の父親になって少しだけ大人になりました…すみません、嘘です。まだまだ厨二なままです。でも、妄想するのは子供たちの将来です。サトミと二人で話すことの多くはそのことです。

色んな出来事が飛び交うこのご時世に、突然舞い込んで来た、このドラマ化の話。これこそがまさに「晴天の霹靂」と言う奴でした。

そして、それに伴って今回の重版出来。これを読んで少しでも皆様の気持ちが楽になってくれれば幸いです。

それでは皆様、こんな長々した、しかもくだらない原作者あとがきを読んでいただきありがとうございました！

●著者
FUKUDA(w)
中学生の頃より厨二病を患う。現在も闘病中。親友のオタクより某ネット掲示板を教わり、それよりサイト常連となり数々の名レスを残す。代表的なレスは「ｋｓｋ」「ワロタ」「さっさとうｐしろよカス」等。

志賀渡

●編集・デザイン
スタジオ・ハードデラックス株式会社

●イラスト
sime （カバー、キャラクターデザイン、挿絵）

kyata （マンガ、キャラクター仕上げ）

Pinkjam （キャラクター仕上げ）

●プロデュース
伊丹祐喜（PHP研究所）

消しゴムをくれた女子を好きになった。

2012年　3月　7日　第1版第1刷発行
2022年　6月29日　第1版第2刷発行

著　者　FUKUDA(w)　志賀渡
発行者　永田貴之
発行所　株式会社PHP研究所
東京本部　〒135-8137　江東区豊洲5-6-52
第三制作部　☎03-3520-9620（編集）
普及部　☎03-3520-9630（販売）
京都本部　〒601-8411　京都市南区西九条北ノ内町11
PHP INTERFACE　https://www.php.co.jp/
印刷所
製本所　図書印刷株式会社

ISBN978-4-569-80382-1